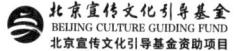

北京宣传文化引导基金资助项目

追 山

田兴家 著

北 京 出 版 集 团
北京十月文艺出版社

目 录

追　山	001
病中书	033
树林里的秘密	063
秋天不回来	089
拐　杖	117
月明星稀的晚上	143
美人鱼	169
隔壁房间	193
飞往火星	213
十五的月亮十六圆	241

追 山

女儿洗净碗筷，甩掉手上的水珠，看着手腕上的电子表，对我说："爸爸，快八点钟了。"我拿出手机看时间，十九点五十二分，把手机递给女儿。女儿熟练地打开微信，给她妈妈发视频通话。提示音不紧不慢地响着，我点燃烟走出门，想看看夜色中的柚子。一条狗跟在我身后，一条狗坚守在门口。

这片柚子树是我和父亲种的，种下不久我染上恶习，整日在山间游荡，是父亲一直在管理。父亲对我彻底失望，有时我想回家看女儿，他都不准我进门。今年年初，父亲生病过世，丧事结束后，柚子树开出它们一生中的第一批花。现在树上挂着不少果实，我也彻底改掉恶习，在天上的父亲应该放心了。

前年九月，女儿的妈妈变成我的前妻。她临走时对女儿说："妈妈去城市打工，过年给你买新衣服回来。"上大班的女儿没有哭闹，挥着小手说"拜拜"。离婚之前，她在镇上开一家水果店，勉强能够维持生活，但得从早忙到晚，女儿经常都是我母亲带。所以她出去打工后，女儿的生活没受太大影响。

然而等到过年，前妻没有回来看女儿，只寄来两套衣服。随着年纪增长，再加上别人的闲话，女儿好像感觉到什么，问过几次"你和妈妈离婚了吗"，我便如实告诉她。女儿与生俱来的懂事，当时没再多问什么。但过后我察觉到，女儿越发沉默了。

我经常辅导女儿学习，教拼音、查字典、识字，她学得很快，不久就能用手机打字了。为了能多玩一会手机，女儿主动做家务，比如洗碗、扫地。不知从何时起，女儿跟她妈妈形成习惯，每晚八点钟视频聊天，一聊就半个小时左右。偶尔，估计她妈妈不方便开视频，她们就通过文字聊。

这几座山是土山，父亲做养殖失败，便承包来种柚子。我粗略计算过，等柚子大量上市，每年至少能摘四万斤，以三块钱一斤的价格批发，一年就是十二万。另外，我种的三亩枇杷，四年后应该开花结果。到那时，年收入在农村属于上等，我想其他法子再挣点，我们家定能回到曾经的辉煌时期。

约莫过了半个小时，我回到屋里。女儿见我回来，对她妈妈说："妈妈，我写作业了，明天晚上再聊。"今晚教女儿写数学作业。说实话，好些题目我都不会，得先用手机搜出答案，再给女儿讲解。附加题讲解得很费力，女儿却心不在焉，估计刚才跟她妈妈聊到了不开心的事。

讲了两遍,问女儿听懂没,她摇摇头。我有些生气,呵斥几句,她委屈得几乎流泪。我只好说:"洗漱休息吧,明天要早起。"女儿收拾好书,突然问我:"爸爸,你和妈妈还能和好吗?"我愣了片刻,摇头轻声说:"不能了。"女儿说:"刚才我问妈妈,她也说不能。"接着她哭起来,说:"我跟同学吵架,你叫我跟同学和好,那你跟妈妈为什么就不能和好?"我一时不知如何回答。

女儿越哭越伤心,我怎么劝都没用。两条狗跑进屋,在她面前呜咽着,像是替她难过。最后,我对女儿说:"期末考试,你语文、数学都考九十分以上,我就带你去见妈妈。"她这才调整好情绪,去洗漱。从离婚到现在,前妻只回来看过女儿一次,带她去外婆家玩一个星期又送回。前妻估计也有苦楚,现在在外面,钱也不好挣。

女儿睡着后,我仍没有睡意,决定起床抽支烟。打开灯,看到女儿裹紧被子,难道她缺乏安全感?我在百度搜索"没有母爱的孩子会缺乏安全感吗",得到的答案是肯定的。我点燃一支烟走到屋外,抬头看到月明星稀。我瞬间心生感慨,想发一条朋友圈,但最终还是放弃了。

我经常编一些诗意的句子发在朋友圈,前妻当初就因为这些句子而喜欢我的。婚后我交友不慎,迷上赌博，特别是她怀孕后，我经常夜不归宿。为了避免被查处，组织者把赌博场地设在山间，且每天换一座山，因此也称为"追山"。追了几年山，父母替我还过不少债，家里一天比一天衰败。她也对我失望，最终离了婚。

离婚、父逝这些重大事，依次落在我身上。现在，我断绝跟狐朋狗友来往，一心想把果园经营好，让母亲和女儿过上好日子。我常把近况发在朋友圈，目的就是让前妻看到，甚至有时只允许她可见，但从没得到她的评论和点赞。她的朋友圈屏蔽我，我无法知晓她的近况。我们还能和好吗？我陷入沉思。

脖子一阵冰凉，我这才回过神来，手中的烟已燃尽。"我们还能和好吗？"我问夜风。夜风不语，在我身边绕一圈，很快就远去了。两条狗"汪汪"叫两声，似乎在替夜风回答：能的，能的。不知名的夜虫低声叫着，也好像在说：能的，能的，能的……

早上送女儿到学校，离上课还有二十分钟，陆续有家长送孩子来。我将车开到宽阔处停下，注意骑车的每一位家长。我知道，她每天都骑车送孩子，且都是这个时间点送到。离上课还有十分钟，预备铃声响起，还是没有见到她。有可能今天她早送到，已经回家了。但不管怎样，我得等到上课。

家长群里有六十个成员，一天晚上实在无聊，我点进每个成员的朋友圈。她的朋友圈允许陌生人看十条动态，其中两条动态透露出她已离婚。第二天傍晚，我加她的微信，不一会就通过了。我给她发信息：你好，今天孩子的作业是什么？我不小心删了群消息，我女儿记不住作业，我不好意思问老师，所以冒昧问问你。她很快发截图给我看。

她经常发朋友圈，内容多是生活中的各种情绪，也有辅导儿子写作业的视频。刚开始我给她点赞，后来偶尔给她评论，夸她儿子写字好看（其实没我女儿写得好）。再后来，我直接给她发信息，她礼貌性回复。慢慢地，我们能聊上一个小时，在学校门口见面，也会打招呼。

上课铃声响起，校门口的家长都已回家，还是没有见到她，我也决定回家。可我刚启动车子，就看到一辆摩托车驶来，又赶紧熄火。摩托车越来越近，确实是她，很快就到了学校门口。待她儿子走进校门，我打开车窗，跟她打招呼："你今天迟到了？"她笑笑，说："起晚了。"我说："曾经以为不读书就不用起早，谁知道现在还是得起早。"她说："是呀，陷在这个圈套里，逃不掉……"

我回到家，大门敞开着，母亲在收拾屋子。这栋新房在果园中，是种下柚子树后父亲修建的，离村庄大概一千米。母亲仍住在村庄的老房子里，每年都种玉米，养几头猪。她很少到果园来，每次过来都是有事。果然，母亲转身看到我就说："我昨晚上做了一个梦，感觉不好，所以过来看看。"

顿了顿，母亲接着说："我梦到你和你爸坐一桌吃饭。"按我们当地的说法，这个梦暗示我将遭不测。我感觉头发根立起来，说："就一个梦而已。"母亲说："你今天做事情要小心。"其实我根本不信这些，但心里还是会硌硬。我说："你不应该说出来呀，影响我一天的心情。"母亲说："不说出来，我心里难受呀。"看到母亲头上有了白发，我又说："就一个梦而已。"

母亲絮絮叨叨，我点燃烟坐一边听。"如果当初你不追山，家里不会败到这步田地。你不知道我哭过多少次，你爸被气得经常喝闷酒、不吃饭。也许就是从那时候起，他的身体一天不如一天……"我瞬间有些难受，起身来到屋外，望向村庄背后的山林，父亲的坟墓就在树林边。

屋里收拾好后，母亲出来打扫院子，继续唠叨。她似乎只为唠叨而唠叨，不在乎我是否在听，不过我一直都在听着。"到处都乱糟糟的，也没个人打扫。我给秀丽的妈妈打过电话，她还是一个人。你试着跟她联系，看能不能复婚。"我扔掉烟头，打断母亲，说："不能。"过一会，母亲说："那你赶紧找一个人成家，赶紧生个儿子，我现在还可以帮你带，过几年我就带不了了。"

扫完院子，母亲叮嘱我几句，才回老房子。弯来拐去的路上，她细小的背影，仿佛昨晚的那场梦，渐渐安静下来。思虑一番，我回屋里翻出香和纸，在正屋中央烧给父亲。我年幼时，过节都是父亲烧纸，他总对逝去的亲人说话，请求他们保佑一家老小。现在我想对父亲说几句，但最终什么也没有说出口，我倒一碗白酒浇在灰烬上。

我在果园里忙活着，微信冷不防地响一声。以前交往的狐朋狗友，我已把他们的微信删掉，现在几乎没人给我发信息。偶尔前妻主动发来消息，但都是找女儿的。我拿出手机看，不是前妻发的，而是她发的：这个周末有时间吗？我一阵惊喜，赶紧回复：我很自由的，时间可随意安排。

等了几分钟，没有回复。我问：有什么事吗？还是没有回复。兴奋感慢慢消失，我的心里乱起来，没有心思干活，点燃一支烟。快抽完时，她终于回复：我星期六想去市里一趟，你能送我去吗？我说：当然可以，你有什么事吗？她说：没有事，只是好久没出门，想出去转转。我说：我刚好也想。

这半个月以来，几乎每天晚上睡前我们都聊一会，各方面感觉都挺好的。现在她主动约我，我认为，我们的关系将会更进一步。如果顺利，就在年底把婚结了，也算了却母亲的一桩心事。我竟然连儿子的名字都已想好，闭上眼睛就能看到母亲在带孙子。

以往，我星期五晚上监督女儿写完作业，星期六早上送她去老房子，让她帮她奶奶做点事情，星期天晚上再接回来，辅导她预习新课。但这个星期五放学，我去学校接女儿，就直接送她去老房子，不能耽误第二天我的事情。晚上躺在床上，我又开始想，如果我和她年底顺利结婚，我的女儿和她的儿子能相处好吗？

她似乎对这次出行很重视，把位置发给我，让我翌日起早到她家门口接她，反复叮嘱我别忘记调闹钟，说天亮就得出发。我设置好闹钟，截图发给她看，说：你放心吧。她发来一个拥抱的表情。我想，到时候找个借口，在市里住一晚，星期天再回来。可该找什么借口呢？睡着时我都没想好。

第二天早上醒来，我拿起手机看时间，还有十分钟闹钟才会响，但我决定提前起床。洗漱后纠结穿什么衣服，翻找半天，选了一套休闲西服。结婚之前，我有头发、没肚子，穿上这套衣服可帅气了。而现在，头发掉落、肚子增大，穿上这套衣服总感觉别扭。不过将就吧，离婚后我就没买过衣服，已经没有像样的衣服了。

离终点还有几百米，我看到她已等在门口。我按一声喇叭，开到她面前停下，打开车窗。她笑着说："等两分钟，我收拾东西。"这里是她的娘家，房子比想象中宽敞,她离婚后回来,在一楼开了家超市。她在微信上告诉我,在村里开超市没生意,只勉强够母子俩生活。儿子本来跟前夫,但现在由她带,前夫几乎不给钱。

很快,她提着包出来,一起出来的还有她儿子。我还疑惑着,她已经打开车门,和儿子坐进后座。她说:"我还以为你带女儿一起。"我一时不知如何回答,竟然说道:"我还以为你一个人。"说完我们都笑了。她给我十来个小包子,说是昨晚上做好的,今天起早蒸熟。我一口一个,味道还不错。

原来,她儿子的眼睛散光,她要带去市医院看。说实话我有点不高兴,为何不提前告诉我事实,还欺骗我说想出去转转。我没再说话,她似乎也不知说啥,我们都沉默着。她的儿子是个"小话痨",上车就自言自语般说个不停,她也懒得回答。估计小家伙察觉到气氛变化,开始跟我搭话。

"叔叔,叔叔,叔叔……"我赶紧答应他,我感觉若不答应,他会一直叫下去。"你是田秀丽的爸爸吗?"他奶声奶气地问。我说:"是的,你怎么知道的呢?"他说:"我看到过,你开这辆车,去学校接田秀丽。"我敷衍着回答:"是吗?"他说:"是呀,我叫张冬森,和田秀丽是同班同学。"我说:"你们要认真学习。"他"嗯嗯"两声,接着说:"叔叔,你的车能追上奥特曼吗?"

我没想到，跟这小家伙聊天真有意思，心情不禁愉快起来。我问了他的年龄，比我女儿小两个月。我逗他："你想不想有个姐姐？"他说："我没有姐姐呀。妈妈，我有姐姐吗？"他妈妈说："你有没有姐姐，你不知道吗？"他说："我没有姐姐。"我想了想，说："如果你和你妈妈愿意，田秀丽可以当你的姐姐。"他开心地说："好呀，我愿意。妈妈，你愿意吗？"她没有回答儿子，而是对我说："孩子不懂事，你跟他说这些干吗？"

到医院停好车，她说："你在车上等，或者出去转转，我忙完就联系你。"我说："我跟你们一起进去。"她说："这样不好吧，太麻烦你了。"我说："顺便的事情，有什么麻烦的。"接着我又对小家伙说："是不是？"他开心地嚷道："是。"我们一起往医院大门走去，小家伙紧跟在我身边，我便牵住他的手，他叽叽喳喳地问这问那。她跟在我们身后，说："待会在医生面前，别这么吵。"

尽管我们来得很早，但前面还是排着七个病人。逡巡的人，坐在室内等候的人，男女老少都有，有的在看手机，有的盯着墙脚某处。其中一位老妇人面容沧桑，她的眼睛看似已失明，眼角不停流出眼泪。我突然间一阵心疼，这世间为何有这么多痛苦。我们来到走廊上坐下，我看着电子屏幕，每个病人要花十来分钟，看来至少得等一个小时。

我对小家伙说:"别动,我看看你的眼睛。"他没再动,我盯着他的眼珠看,看不出什么问题。他闭上左眼,用手做成望远镜形状,放在右眼处,转着头四处看。片刻后对我说:"叔叔,我看到田秀丽,她在朝我招手。"我说:"哪天有时间,叫妈妈带你去叔叔家,跟田秀丽玩。"他说:"好呀。妈妈,你哪天有时间?"她带着歉意地对我说:"不认生,和谁都说话,什么话都乱说。"我笑笑说:"这样的性格才好。"

终于到我们了。我们三人一起进去,医生把我们当成一家人。医生检查后,说孩子还小,暂时不能手术,等长大一些再说,接着又叮嘱我们注意一些事项。出了医院,我轻声说:"到了医院才知道,这么多人的眼睛有问题。"她顿了顿,说:"是呀,每个人的眼睛都有问题,比如你我。"我愣着。她继续说:"你和我都曾经看错人。"我看着她的眼睛,轻微地点点头。

星期天晚上接女儿回来,我检查她的作业,已经写完而且全对,便辅导她预习新课。女儿的学习能力很强,我认为这一点随我。我从小学到初中,成绩在班上都名列前茅,以优异成绩考入县重点高中。高三第一个学期,父母的婚姻出现危机,受影响的我迷上网络游戏,成绩呈直线下降,最终没考上大学。我想,一定要好好培养女儿,让她帮我圆大学梦。

临睡前,女儿突然问我:"爸爸,'追山'是什么意思?"我愣了片刻,问道:"你在哪听到这个词?"女儿说:"在老家听一位老爷爷说的。"我追问:"老爷爷怎么说?"女儿说:"他说,秀丽,你爸爸现在还追山吗?你爸爸以前可是追山的高手。"什么东西在我心里翻滚,竟然有这样的老人,对一个小孩说这些话。我问:"你怎么回答的呢?"女儿说:"我想'追山'是个不好的词,所以没回答,就走开了。"我陷入沉思。

女儿又问:"爸爸,'追山'是骂人的吗?"我想了想,说:"不是,'追山'是个古老的词汇。山,象征着美好;追山,就是向往美好的意思。"女儿说:"古老的词,那一定有什么传说故事吧?"我酝酿一会,清清嗓子,开始编一个故事:"古时候,为了躲避战争,人们居住在山里。那时候的山会在夜里逃跑,有时候天亮醒来,屋后的山就不见了。人们经过商量后,安排人员在晚上值班,若发现山逃跑就叫醒大家,一起追山……"

女儿睡着了,平静地呼吸着。我没有睡意,到屋外点燃一支烟。月亮很亮,但夜风似乎含着雨丝。我不住地哆嗦着,两条狗用头蹭我的腿。恍惚中,我看到村庄前的一座山在移动。我揉眼睛再看,那座山确实在移动,正远离村庄而去。回屋看,女儿依旧熟睡,我决定骑车去追山。一条狗欲跟随我,我对它说:"你俩在这守家,有事就大叫。"它便回到门口,蹲在另一条狗旁边。

很快来到山脚下。其实山并没有动，在夜色中沉默着，像是一个百岁老人。我坐在一块石头上，似乎坐在老人的脚边。顺着摩托车的灯光，看到不少饭盒、烟盒、饮料瓶等垃圾，我这才想起，上个月帮追山的人追到这里。那时，有两个放风的人来到我的果园边，我问起关于追山的一些情况，他们却不愿意多说。此刻我能想象这里曾经喧闹无比，有的人欢笑、有的人痛苦、有的人麻木。夜风吹来，山里的草木沙沙作响，仿佛老人给我讲人生道理。

听着听着，我鼻子发酸，眼角浸出泪水。我眨眨眼睛，双眼瞬间模糊，看到不少人走过来，围在一起开始赌博。像是一部无声电影，人们玩得很投入，没有发现角落的我。不知道为什么，我觉得我可怜极了，忍不住哭出声音。那些人继续忙着，还是没有发现我。时间似乎过去很久，父亲来了，他替我擦掉眼泪，轻声说："回家吧。"

慢慢地，父亲不见了，赌博的人不见了。我醒悟过来，摩托车依旧亮着灯，一条狗坐在灯光里，喘着粗气看我，显然它是刚跑过来的。我紧张地问："出什么事了吗？"狗摇摇头。我向狗伸出手，它便来到我身边，我抚摸它的头，问："你怕我出事，所以过来看我？"狗点点头。我幸福地笑了，对它说："我们回家吧。"我骑上摩托车，狗跳上来，我说："坐稳了。"我启动车，往家驶去。

第二天起早送女儿去学校。刚到校门口停下，一个小男孩挥着手，朝我的车跑过来，我看出是张冬森。我打开车窗，他高兴地喊道："叔叔。"我问："你妈妈呢？"他说："回家了。"我说："那你怎么还不进教室？"他说："我进教室，没见田秀丽，就出来等。"女儿下车走进校门，张冬森跟上我女儿说着什么，但我女儿好像不怎么理会他。

下午我去接女儿，她一上车就问："爸爸，星期六，你跟张冬森和他妈妈去医院了？"现在的孩子传话能力太强了。我想了想，如实说："是的。"女儿又问："你们还去吃火锅、喝奶茶？"我又说："是的。"女儿开始变得不高兴，说："你为什么不带我去？我想喝奶茶，你都不给我买。"她的声音很委屈。那天我确实没给女儿带东西，有种对不住她的感觉。带她去街上买了奶茶和汉堡包，她才稍微开心起来。

女儿喝着奶茶，问："爸爸，你怎么会认识张冬森？"我说："因为我跟他妈妈认识呀。"女儿更加好奇，问："你跟他妈妈怎么会认识的呢？"我撒谎道："我跟他妈妈是同学。"女儿问："真的吗？"我说："是呀。"女儿说："同学的孩子也是同学。"说着她笑了，我也跟着笑了。我说："张冬森比你小，以后你把他当成弟弟，可以吗?"女儿没有回答。

最近送女儿去学校,都没有遇见她,倒是见她儿子等在校门口。我每次都问:"你妈妈呢?"他总是回答:"刚刚走了。"然后开心地跟我女儿说话,我女儿依旧不怎么理会他。我给她发微信:你是不是故意躲我?她直截了当地回复:是的,我们还不够了解就走近,这样很危险。我说:难道走近不是为了互相了解?她说:婚姻上我已失败过一次,不能再失败第二次。我想想,回复道:我给你时间。

前妻从女儿的口中知道这些事,估计猜出了个大概,发信息问我:找了个带儿子的?我想气气她,回复道:是的,怎么了?前妻说:恭喜你,要结婚就告诉我,我带走女儿。我说:没必要带走,我女儿跟我儿子相处得很好。前妻果然被气着了,说:你要不要脸,是你儿子?那是别人的,你在给别的男人养儿子。我说:我愿意。前妻没再回复。

晚上,前妻和女儿视频聊天,我依旧到外面转悠。一条狗跟在我身边,对远处的山汪汪叫。我摸着它的头,问:"你想追山吗?"狗点点头,做出想奔跑的样子。我轻拍它的头,说:"山没有跑,不用追。"柚子一天比一天熟,天气一天比一天冷。转了大概二十分钟,实在承受不住这夜风,我和狗转身往回走。回到屋里,女儿已放下手机，正在写作业。

我到女儿身边坐下，她停下笔说："爸爸，妈妈说等我放假，她就回来带我走。"我试探着问："你愿意跟她走吗？"女儿说："我想跟妈妈走。可是，跟妈妈走，就见不到你和奶奶了。"我说："那你就跟爸爸在一起呀，每个星期都可以见到奶奶。"女儿说："但我也想见妈妈呀。"我心里瞬间矛盾起来，起身到窗前点燃一支烟。夜风吹到窗外，看我一眼，又远去了。

过一会，我又试探着说："如果爸爸另外给你找一个妈妈呢？"女儿脱口而出："是张冬森的妈妈吗？"我一时没有回答，平静地看着女儿。稍停片刻，女儿接着说："我不愿意管别人的妈妈叫妈妈，那根本就不是我妈妈，我自己有妈妈的呀。"我不知道怎么回答。女儿又说："我讨厌张冬森。"我说："同学之间要好好相处。"女儿说："那你跟妈妈为什么不好好相处呢？"

第二天送女儿去学校，张冬森没在门口等候。我想，估计他们还没到，在这里等等看。我把车开到宽阔处停下，注意骑车的每一位家长。上课铃声快响时，他们终于来了。我下车，笑着对他们说："今天又迟到了。"她儿子喊道："叔叔，田秀丽姐姐呢？"我说："早就进教室了。"他说："她为什么不等我。"我说："就要上课了，快进去吧。"他跑进校门时，上课铃声就响了。

她说："昨晚上睡得晚，今天早上闹钟响了又关掉，继续睡。"我说:"昨晚跟我聊到十点钟,你就说要睡觉了。"她说:"躺一会睡不着,又玩手机,十二点过才睡。"我说:"为什么不给我发信息?"她说:"怕打扰你。"我说:"好吧,我懂了。"她笑着说:"别这样嘛。你特意在这等我吧?我请你吃早餐。"我已在家吃过早餐,但还是跟她去街上吃粉。我们有一句没一句地闲聊,吃完粉后各自回家。

我正在果园里忙着,母亲来了。难道她又做了不祥的梦?还好,母亲没有说梦,而是说关于我找对象的事。类似的话说过无数遍,我听得耳朵都已起茧。我准备告诉她,我跟一个离异的女人走近,但想想没有说出口,因为八字还没一撇。母亲继续说:"你离婚,你爸受到很大打击,直接加重他的病情。"我说:"妈,我爸不死也死了,你别再提这些,我心里难受。"说完我点燃一支烟。

沉默片刻,母亲说隔壁县有个算命先生,算得非常准,叫我开车送她去算算。我向来不相信这些,劝母亲别去,说那都是交智商税。母亲有些不悦,说:"你不送我去,我就叫你姐夫来送我。"我从没见过母亲如此犟,提高声音说:"算命都是有套路的,你被套住以后,让你交多少钱,你就得交多少钱。"母亲似要哭出声,说:"你一直这样不成家,我心里难受,我想算算你的姻缘。"

抽完一支烟，我选择妥协。母亲的头上增加不少白发，每一根都是因为儿子不成器而变白的。年老的母亲依旧为儿子操心，希望儿子能够"成人"，没有文化的她只能去算命。我决定了，星期六带母亲去算命，顺便带女儿一起去。隔壁县有个明清古镇，就当作全家人出去旅游。

我原本计划，等母亲算好命，再一起去古镇。可在县城后山的这座小房子里，前来算命的人很多，几乎占满院子，算命先生坐在正屋，握着一位老妇人的手，不紧不慢地念念有词，不知何时才能到母亲。母亲说："你带秀丽去玩吧。"女儿说："奶奶，咱不算了，一起去玩吧。"算命先生的老婆听到这话，不高兴地说："不算就赶紧走，别在这捣乱。"母亲轻声催促："你们快去吧。"我只好带女儿去古镇。

虽说是明清古镇，但留下的痕迹并不多，就几座快要垮塌的老房子，上面挂着"禁止靠近"的牌子。附近有一家三口在拍照，那女儿跟我女儿一般大，我女儿一直看着他们。他们查看照片时发出笑声，我女儿羡慕地露出微笑。我拿出手机，说："爸爸给你拍几张。"我为女儿拍了不少照片，她选几张发给她妈妈，并输入一个句子：妈妈，要是你能跟我一起拍照，就好了。

到处都是仿古建筑，逛一会女儿累了，我们进一家小店，点了些吃食，坐下来休息。店名叫"古镇时光"，里面播放着古筝曲，氛围让人舒服。我和前妻恋爱时，喜欢在类似的地方约会。墙上挂有几幅书法，女儿今天异常开心，走来走去地看，指着草书作品，朝我喊道："爸爸，你看这字，写得太丑了。"一些客人转头看，我赶紧叫女儿过来坐好，别乱说话。

鹅叫声引起我和女儿的注意，我们一起朝窗外望去，小池塘里有三只灰鹅，两只大的一只小的。女儿朝鹅招手，朗诵道："鹅鹅鹅，曲项向天歌……"一阵冷风灌进来，女儿打了个哆嗦，问我："爸爸，小鹅会冷吗？"我说："不会，鹅的羽毛很厚。"女儿说："可那只小鹅的羽毛不厚呀。"我说："也不会冷。"女儿沉思一会，突然说："我知道了，小鹅的爸爸妈妈在身边，所以它不会冷。"

我被什么堵住喉咙，一时说不出话来，撕一块面包扔进池塘。三只鹅很快游过来，小鹅一口吃下面包，两只大鹅伸直脖子朝我们叫。小孩子的注意力转变得很快，女儿不断撕面包扔进池塘，看着鹅吃下。有时大鹅啄住空中的面包，吐在水面给小鹅吃，有时面包落在大鹅背上，小鹅小心翼翼地啄下来。像观看一场表演，女儿不时开心地大笑。

面包扔完，女儿也玩腻了，趴在桌上睡觉。我脱下外衣盖住女儿，继续听着古筝曲，陷入沉思。对于现在的我来说，生活就是柴米油盐，只要两个人互相理解、互相包容，跟谁过似乎都一样。如果为女儿考虑，那么跟前妻复合，将会是不错的选择。问题是，前妻愿意跟我复合吗？微信响一声，是前妻回复女儿的信息：等你放假，妈妈就能跟你拍照了。我望向窗外，那三只鹅已经爬上岸，小鹅在两只大鹅之间，它们正慢慢走向远方。

母亲打电话来，说已经算好了，叫我们去接她。她的语气显得很放松，结果应该不错。我叫醒女儿，驱车去接我母亲，估计女儿没睡好，又在车里睡一会。母亲上车后不说结果，我也懒得问。带母亲去米粉店吃东西，先前女儿把面包全喂鹅，现在她饿了，也吃一碗粉。女儿边吃边说："奶奶，刚才我做梦，梦到那座山跑了，你们在山上慌乱地大喊大叫，我和爸爸开车追山，怎么也追不到……"

回家的路上，我母亲说："秀丽，你想妈妈吗？"我女儿说："想，等我放假，妈妈就来接我走了。"我母亲说："你和爸爸可以去接妈妈回家呀。"我女儿说："爸爸不去接，妈妈也不回来。"稍停片刻，我母亲说："算命先生说，下个月的今天，带一只白公鸡和一千两百块钱过来，他帮我们做仪式，你爸爸和妈妈就会复合。"

我知道母亲已被套住，顿时火冒三丈，但我忍住没说话。女儿开心地问："真的吗？算命先生真的这样说吗?"我母亲说:"是的,只看你爸爸愿不愿花这点钱。"我还是没说话,我担心我的语气不好。女儿从后座摇我的肩膀,说:"爸爸,花一点钱妈妈就回来了,你就答应吧。你的妈妈在身边,我的妈妈却不在身边。"女儿说着说着哽咽了,我只好答应她说我愿意。

送女儿跟她奶奶去老房子,我自己回到果园。喂狗后,我感到身心疲惫,和衣躺在床上,不一会就睡着了。不知睡多久,被电话吵醒,是母亲打来的,说女儿发高烧。我看时间,将近二十二点,赶紧翻身起床,骑车赶往老房子。看到我骑车,一条狗跟着我,我没理它,跟上一段路它便回去了。女儿的身体一向都很好,没怎么生过病,我想问题应该不大。

赶到老房子,母亲正用土办法为女儿降温。女儿一看到我就哭起来,我搂着她的头不知所措。二十分钟过去了,女儿没有好转,好像还严重起来,她不成声地说:"我想跟妈妈视频。"我给前妻发视频通话,好一会才接。女儿一直哭,说不出话来。我把事情的来龙去脉说给前妻听,前妻非常生气:"算命的地方不干净,你怎么会带她去?"还没等我回答,前妻又说:"还不赶紧送医院?"

我马上回新房子开车,去接母亲和女儿赶往医院。母亲抱着女儿在后排,她显得比我还焦急,每隔几分钟就问:"秀丽,你能听到奶奶说话吗?你坚持住,马上就到医院了。"女儿不再哭泣，偶尔回答一声。到医院，医生建议输液，输到半瓶时，女儿睡着了，呼吸平稳。前妻发信息来问情况，我录视频发给她看，说：好点了，不用担心，你快睡吧。快要输完时，女儿醒过来，我母亲摸摸她的额头，说："退烧了。"

整个周末，我故意不给她发信息，她也没有联系我。我对自己说："不要太在意，不管从哪方面讲，她都配不上你。"可不知为什么，我心里有点难过。星期一送女儿到学校，看到她跟儿子在校门口。她叫儿子快进去，儿子却不愿进去，母子俩在那僵持着。等我女儿走进校门，她儿子高兴地跟上。我思虑着要不要打招呼，她先开口了，笑着说："早呀。"我故作冷漠地"嗯"一声。

我们都没有离开的意思，似乎在等对方做解释，可最终谁也没有解释。又是她先开口，说："今天能请一天假吗？"我疑惑地问："请假？"她说："超市没生意，这几天心里闷，想去县城转转。"我笑一下，心想她又要玩什么花招。她仿佛看出我的心思，说道："上次没跟你说实话，很对不住你。这次真的是出去转转。"好些家长朝我们看过来。我说："去吧。我给自己批假一天。"

她把摩托车停在熟人家门口，坐进我的副驾。我说先带她去看我的果园,她说:"不太好吧,村里人会以为你带对象回家。"我说:"这段时间,村里人都不进我的果园。"我掉转车头,很快开到果园。她刚打开车门,两条狗吠着冲过来,她又赶紧关上,被吓得哇哇叫。我下车呵斥狗,平时那么听话的狗,此刻竟然不听话了,甚至站起来,前脚搭在玻璃上,狂吠不止。

我想找绳子把狗拴住。她喊道:"别麻烦了,我已经知道你家在这,我们现在先去县城吧。"一时找不到绳子,我只好上车,指着窗外的柚子树,向她介绍我的果园。狗吠得越来越猛,还试着啃玻璃。她没有心思听,一直催促我走,我只好启动车,开往县城。两条狗在车后追,我加快速度才把它们甩开。我很抱歉地说:"把你吓着了。"她笑笑,说:"我还能过来第二次吗?"

到达县城,太阳出来了,下车就感到一阵温暖。十来天没见太阳,现在我们的心情都挺好。县城很小,转一会就到头了,其间她试两件衣服,没有买。我们站在街头,一时不知道去哪。还是她先开口:"对了,我们去爬山吧。"我表示同意。我们买了水和零食,往山上走去。她显得很开心,说:"我初三是在县城读的,那时候成绩不好,和班上的几个同学经常旷课去爬山。"我笑着说:"我们去山上寻找你遗失的青春。"

结果,没找到她的青春,倒是拾到我的回忆。我们爬到山顶,拍几张照片,她孩子般地向远方呼叫两声,我们哈哈大笑。继续往山背面走下去，下到山腰处，她说走不动了，我们便坐下来。这里是平坦的草地，有一间教室那么宽，我首次追山就是在这里。她拿出零食吃，我起身用脚扒开草丛，寻找曾经追山留下的痕迹。看到一个啤酒瓶，我轻踢一脚，一只不知名的昆虫从瓶口爬出。

耳边顿时响起杂乱的声音。"下注下注。""千方五百。""后方只有两百，还有人要下吗？""通杀。""老表，再借我一千。""我就只有一千了。""顺方两百，我用手机抵押。""手机不行，想下注就拿钱来。""钱？钱全部在你那。""愿赌服输。""啪！"拳头砸在桌上的声音。"别闹别闹，今天输明天赢，天天见面，别伤和气。""我也输完了，咱回去吧。""回去吧。""砰！"啤酒瓶砸在石头上的声音。

我捡起啤酒瓶，端详半分钟左右，猛地砸在石头上。她喊道："你疯了？"我平静地说："我把我的过去都砸碎了。"她笑起来，说："你的过去就装在瓶子里？"我说："很多人的过去都装在瓶子里。"稍停片刻，她说："也对，世界是一个很大的瓶子，我们的过去都装在里面。"我说："我们得努力逃出瓶子，让未来更加美好。"她站起来，突然高喊一声："能逃出去吗？"像是在问无语的大山。

"能的。"我凑近她耳边说。我想搂住她，她拒绝了。我们挨着坐下,望着山脚的河流。河流是有目的地的,人生不可能像河流,我们连下一步去往哪都不知道。正因为这样,人们时常会感到绝望,彻底绝望的人总迷恋河流。曾经一起追山的某个朋友,他把身体交给一条河流,最后家人把他葬在河边。"你在想什么?"她摇我的肩膀,我回过神来。我一眨眼睛,对面的山往远处移动。我指着山说:"山跑了,我们追吧。"她拉住我,喊道:"你疯了……"

晚上,女儿入睡后,前妻发来信息:原来你妈去算命是因为你。我回复:不让她去,她非要去。前妻说:听说还要买白公鸡,花钱去改命?估计今晚女儿跟她聊天时提到这些事,现在她主动问我,难道有复合的想法?我无声地笑笑,故意说:放心吧,我绝不会让我妈去干这些事。她发来一个假笑的表情,接着说:呵呵,你做得很对。

我正在果园忙着,接到女儿班主任的电话,说我女儿在学校和同学打架,叫我去学校一趟。女儿一定是被同学欺负了,我连衣服都没换就开车去学校。赶到老师的办公室,我女儿和张冬森正哭着争执,我一下子说不出话来。班主任让他们安静,把事情的经过说给我听。原来张冬森找我女儿说话,我女儿不理他,他便拿我女儿的笔,我女儿抢回自己的笔。在争抢的过程中,我女儿不小心打到张冬森的眼睛,他把笔头扎进我女儿的手臂。

随后她也赶到了,看到我时大吃一惊,说:"没想到,没想到我们的孩子会闹矛盾。"接着她质问儿子:"你为什么打姐姐?"张冬森说:"是她先打我的眼睛。"俩孩子又争执起来。看到儿子的眼睛有点肿,她疼爱地搂住他。女儿摸着手臂的伤口,哭声增大,我过去安慰她。班主任说:"两个孩子都有错,但张冬森错在先。双方家长都到了,就带去医院看看。"

我打算在镇上医院看,她说镇上估计看不了眼睛,得去县城。我有些不高兴,叫女儿坐副驾,让他们母子俩坐后排,一路上我们几乎没说话。到医院检查,均无大碍,医生开一些药,说过几天就好了。所有费用都是我付,女儿说:"爸爸,我被人欺负,你还付钱。"我说:"不打不相识,以后就是好朋友了。"女儿说:"我才不跟他做朋友。"张冬森说:"谁想跟你做朋友。"她说:"是我儿子的错,我转钱给你。"我说:"孩子的话,你也当真。"

晚上,前妻和女儿视频聊天,女儿把伤口给她看,委屈地说自己被欺负。前妻问:"被谁欺负了?"女儿说:"被班上的一个男生欺负,他用笔扎我的手臂,我爸爸和他妈妈是同学。"前妻问:"是前段时间你说的那个男生吗?"女儿说:"是的。"由于女儿受伤,今晚我没出去走，而是守在她身边。前妻马上发火，大声叫我的名字，吼道："你想娶那个野女人，没人拦你，你为什么让她的野种打我女儿?"我起身到窗前，点燃一支烟。

前妻继续骂好些难听的话。待她稍微平静下来，我说："我没想娶她，因为两个孩子闹矛盾，我们的关系都僵了。"前妻说："你这话什么意思，你还怪我女儿影响了你们的关系?"接着她又对女儿说："你爸爸不爱你了，过几天妈妈发工资，就回去接你。"我也生气了，吼道："你张口就乱说话，你就这样教育孩子?"女儿抽泣着，我紧紧搂住她。女儿哭着问："妈妈，过几天你真的回来吗?"前妻说："是的，妈妈带你走，别在那边受人欺负。"

成年人有时还真孩子气，我们的关系就这样僵了。送女儿去学校，再也没见到他们母子俩，我也不再等她。有一天放学去接女儿，看到他们母子俩，我没跟他们打招呼。偶尔，我问女儿："张冬森还欺负你没?"女儿摇摇头说："没了。"我说："以后别再理他。"女儿点点头。我又说："以后，如果有人敢打你，你就还手，不要怕。"

每天晚上，前妻跟女儿视频，女儿都问："妈妈，你还有几天回来?"前妻总说："快了，还有几天。"我想前妻是敷衍女儿的，但我还是对女儿说："等妈妈回来，我们开车去高铁站接她，好不好?"女儿开心地说：

"好呀,要不妈妈很难挤公交车。"我又引导女儿:"到时候,你叫妈妈回果园住,别再去打工了,可以吗?"女儿看着我,片刻后说:"可以呀,柚子就快成熟了,到时候妈妈摘柚子去卖,就有钱了。"

没想到前妻真的回来了,星期天下午五点半下高铁。我和女儿早就守候在出站口,每当有高铁停下,她就问:"是这班吗?"我说:"不是。"终于,前妻坐的那班高铁到了,女儿激动得手舞足蹈。很快,旅客们陆续出站,我看到前妻拉着密码箱、提着包,离出站口越来越近。女儿仍在东张西望,甚至还踮起脚。我指向前妻说:"那就是妈妈。"女儿疑惑地看着,片刻后她认出来了,高声喊道:"妈妈。"

我接过前妻的密码箱和包,她抱起女儿,母女俩泪流满面。我们到县城为女儿买衣服,又去吃火锅。这是我离婚以来,女儿最开心的一天,叽叽喳喳向她妈妈说着各种趣事。吃饱饭,前妻让我先回去,她们在县城住一晚,明天带女儿去外婆家。我赶紧示意女儿,女儿犹豫一会,不依不饶地哭闹:"妈妈,回果园,和爸爸一起回果园,我不想在县城住,在县城我害怕……"

我故意对前妻表示无奈,最后她依从了女儿。天已经黑了,路上车辆少,我开得快而稳。前妻和女儿坐在后排,她们不停说着话,时时笑出声来。这是我首次感受到一家三口的幸福,如果能一直这样下去该多好。

快到果园时，车的方向有些异常，我赶紧靠边停好，下车看，右前轮没气了。黑灯瞎火的不方便，我打算明天再来处理，对前妻和女儿说："我们走回去吧，待会我再骑摩托车来拉行李。"

远远地看到果园里亮着灯，我知道母亲过来等我们。女儿走在我和前妻之间，拉着我们的手，一路蹦蹦跳跳。什么东西在路口，我打开手机电筒，是两条狗。狗看到我们，欢快地摇着尾巴走近。前妻突然说："山好像在移动。"我说："哪里，你眼睛有问题吧？"前妻说："果园，整个果园都在往前移动。"我一眨眼睛，看到那几座土山不急不缓地向前移动。我说："啊，确实是的。秀丽，山跑了，你看到了吗？"女儿说："看到了，我们快追吧。"我和前妻、女儿，以及两条狗，在夜色里奔跑，朝山追去。

病 中 书

入秋后，从早到晚都在下雨，山间的雾好像就没散过。我几乎一整天躺在床上，很多时候从半开的窗户望去，只见对面坡上那棵杉树的轮廓。夹着雨丝的风偶尔吹进来，让人完全没有食欲，总有一种"这是个被遗忘的世界"的感觉。大概是因为我交替服用中西药，产生了饱腹感和精神错乱。时不时地，脑海里无端出现一些画面，与父亲或者母亲相关。

一群麻雀飞到后院，啄母亲晒的粮食／墙脚落满灰尘，扫把簸箕麻袋陷入沉默／两只蚂蚁抬一颗米饭，触角不停颤抖／像是在关心，被世人遗忘的角落／午后的人生，顺着石梯延伸／留下深深浅浅的痕迹。太阳依旧火辣辣／没有说出口的爱，在大地上缓缓燃烧／风不吹，很多事物都在沉睡／但母亲背着背篓，从村头走来／背篓里黄灿灿的苞谷，就像母亲的辛苦／在午后阳光下，母亲的身影那么高大／瞬间吓跑偷食的麻雀……

起风了，油菜花开始奔跑／像露出黄牙的笑，拉扯着回家的路／岁月偷偷溜走，遗落相似的故事／父亲点燃叶子烟，吸着生活的艰辛／一次次吐出烟雾，氤氲在整片田野上／突然响起的咳嗽声，在风中颤抖／狭小的山间顿时安静下来／黄昏推动村庄，向父亲靠过去／在大地上留下深深的齿痕／忙碌多年的父亲终于起身／扛起锄头，望着坡对面的老屋／落日就挂在锄头的另一端／比父亲的大半生还沉重……

我意识到有人敲门并喊我的名字，似乎已经很久，声音里透露出些许不耐烦。我赶紧翻身起床去开门，一脸不高兴的村主任站在门外，左手提着公文包和雨伞，右手拿着手机，说："还以为你不在家，准备打你的电话。"我把他迎进屋，刺鼻的霉味让他直皱眉。我说："这雨下得，所有东西都在腐烂。"村主任坐下后，从公文包里掏出资料，说："天气预报说，明天就出太阳了。"

村主任像往次一样动员我搬迁。我们村庄在大山的褶皱里，这么多年来大家住得好好的，可去年政府突然让大家搬进县城。起先大家都不愿意，经过村委不断做思想工作，人们陆续搬走了，现在只剩下三户。村主任说："他们两家都已经签字，下个星期就要搬走。"我说:"让他们搬走吧,我一个人住这里,挺不错的。"村主任说:"你还年轻,应该大胆地走出去,接触外面的社会。"

我习惯性做一次深呼吸,望向门外,雨不知何时停了,浓雾好像正在散去。几声撕心裂肺的鸡叫传来,随后整个村庄又陷入寂静。我这才想起,前天和昨天的这个时候都听到类似的鸡叫,看来他们两家要在搬走前把鸡全杀了吃掉。那等他们搬走后这山间就没有鸡了,没有鸡鸣天还会准时亮吗?一阵风倏忽吹进门,我打个哆嗦回过神来,村主任仍在滔滔不绝地说着。

"对于心灵来说,时间是最好的药,把一切交给时间吧。"村主任竟说出这般矫情的话,我不由得在心里发笑,歪过头去不回答。他接着说:"你怎么会这样,这样挥下去也不是办法呀。"我继而又感到悲伤。十年前,关于我的那起事件轰动全县,据说现在网上还能搜索到。村主任当时就在村委工作了,他是第一个赶到现场的工作人员,我记得他连着说了几声"你怎么会这样"。"你怎么会这样。"现在村主任又开口说道。声音仍跟当年一样,只是面貌苍老了很多,前额的头发都已经掉光。

我还是没有让村主任如愿,天快黑时他终于走了,背影显得有些失落。屋里很快暗下来,我打开电灯,意识到该吃晚饭了。虽然不饿,但我还是热了昨天的剩饭剩菜，机械般地吃下去。接着我在屋檐下生火、熬药，药方是舅舅给的，由小动物尸体和枯枝败叶组成，药铺老板说烧火熬的效果最好。每天晚上，确定不会有人路过门口，我就坐在屋檐下熬药，望着跳动的火苗想一些事情。可是几个月过去了，我什么事情也没想好。

半年前的一天，上了十个小时的班后，我突然感到身体不适，连饭都没吃就躺下，迷迷糊糊地睡着。凌晨两点醒过来，疼痛和饥饿交织在一起，我吃了一桶泡面，但右上腹依旧疼痛不止。我以为只是劳累过度，第二天仍坚持去上班，快中午时终于承受不住，不得不请假回住处休息。一直没有好转，我躺在床上开始回忆，忽地一个"点"出现在脑海：自从出狱后右上腹就偶尔会痛。我知道我一定是生病了，马上赶去医院检查。

检查结果是五天后出来的。肝癌，晚期。尽管做好了各种心理准备，可我一时还是无法接受。思虑一番我选择告诉姐姐，这世上就她跟我最亲了。姐姐说："弄错了吧？"她建议我去省医复查。我也对自己说："弄错了吧。"又焦急地等待几天，省医的结果才出来。肝癌，晚期。这一次我坦然接受了。去工厂辞职，老板想扣我工资，说我请假多日，而且辞职也不提前说。我把手机递过去让老板看检查结果，他愣了片刻，随即把工资全部结给我，还安慰了几句。

我在监狱待了九年，生活跟学生时代一样规律，没有不良嗜好，不知为何会患上这样的病。姐姐说："你过来治疗吧，我们下班可以照顾你。"我收拾行李到姐姐和姐夫打工的城市，在医院住了将近一个月，病情日益加重，而且医院的气氛让人感到沉闷。医生私下告诉我，就目前的医学水平来说，肝癌晚期无法治愈，治疗只是为延长生命而已。姐弟俩流着泪商量过几次后，我决定回老家过完短暂的余生。

舅舅知道我生病后，埋怨我不早点告诉他。说实话我没想过告诉舅舅，他已在轮椅上坐了将近两年，我表哥离婚后在外省打工，两个儿子在老家中学混日子，偶尔还跟同学打一架，我舅妈几乎每个月都被老师请去学校。舅舅打来电话说："你表哥去你姐那里才听说的，你应该早点告诉我们，大家帮你想办法呀。"我在心里说：你们能想出什么办法。两天后舅舅给我一个药方，说服用三个疗程就会有好转。我无声地笑笑，如果舅舅找的药方管用，那他的脚早就好了。不过死马当活马医，好在价钱也不贵，我便成了中药铺的常客。

姐姐每个月给我一千块钱，不定期寄来几盒西药。舅舅偶尔打来电话，问我的病情是否好转。每天赋闲在家，疼痛好像变得有规律了，总在凌晨两三点时发作。舅舅认为这是中药起了作用，叮嘱我："你每天都要按时吃，不要忘记。"跟刚查出结果时相比，疼痛感确实轻了一些，每天的疼痛时间也缩短了不少。但我知道这一切变化只是因为不劳累而已，我能感觉到身体一天比一天恶化。

我高考落榜后犯事进了监狱，之前的同学已多年未联系，出狱后我变得小心谨慎，不轻易跟别人走近，没有什么朋友。村委工作人员经常来到村庄，据说县里面要求村委实行"包保制"，要在今年年底动员所有人搬进县城。一个年轻的工作人员找过我两次，我每次都表现得很冷淡，估计他觉得我难以沟通，便让村主任负责包保我。因此，除了村主任，没有人踏进我家的门。好在我受得了寂静，实在孤独的时候，就在手机便笺上写一些句子。

凄凉的岁月里人们说笑，反复握手道别，直到秋天来临／右上腹突然疼痛，往事纷纷奔向田野，击中闲走的骏马／忧郁的人倚在窗前，虚构一个朝代、一个女孩的哭泣／然后伸出手摇动：嗨，你好吗。女孩点点头，骑上马离去／你失落地进行一场午睡，这时一定有人走过你的家乡／他们谈话的声音，在阳光下传得很远／风从远方吹来，窗户开了，窗帘轻轻晃动／假设人有灵魂，你的灵魂在深处，不停地喊救命／但他们走了很远，细小的背影仿佛一场梦／渐渐安静下来，犹如竹林里的蝉，不再鸣叫、不再恐惧／而刚偷食过的野猫蹲在墙头，像是威武的将军，俯视着这人间／阳光依旧明媚，世事依旧无声，在这样的午后／如果你突然醒来，就会看到／墙脚已经落满了尘埃……

村庄里的人越来越少，每隔不久就有一户搬走。偶尔有人路过我家门口，问道："你怎么回来了？"那语气和表情，像是才发现我回家。我总是敷衍着回答，说在外面待够了回来住一段时间，我绝不透露自己生病。也有人问我："你回来搬家？"我不否认也不肯定。对方又说："赶紧签字就搬吧，那房子挺不错的，搬去后方便找媳妇。"我笑笑说："再等一段时间看看。"真的只是等一段时间？说实话我也不清楚。

生病回家后我一直想去看望舅舅。其实是想让舅舅看看我，我担心过完今年他就没机会见到我了。出狱后我跟舅舅只见过两次面。第一次是我出狱那天，当时他的双脚还没瘫痪，靠拐杖能够缓慢走动。第二次是他的双脚完全瘫痪后，看到他费力地滑动轮椅，我有些难过，但是他却乐观地说："现在一部手机就能走天下。"说着他打开快手，播放一些短视频让我看。不知道现在舅舅是否依旧乐观。酝酿了两天，我决定动身。

走四十分钟左右的山路到镇上坐车。疲惫让我身体极度不适,途中竟然晕车了,打开车窗吐得死去活来。好在舅舅家就在路边,下车后我不用再走路。舅舅坐着轮椅在院子里,见到我后高兴地说:"昨晚上接到你的电话,今天起早我就坐在这里等,先后有三辆客车过去了,这是第四辆。"我把两箱饮料放屋里,拿一张板凳到舅舅旁边坐下,问:"我舅妈呢?"舅舅说:"去对面坡的果树基地干活了,九十块钱一天。"小俚儿应该听到了说话声,从二楼阳台冒出头看一眼,手机里传来游戏的厮杀声,接着他又回了屋。我喊道:"你没去读书?"没有回答。舅舅说:"被老师喊回家反省一周。跟他爹一个样,能读什么书,初中毕业就去打工吧。"

舅舅又谈到我母亲,我默默地聆听着。母亲从生病到死亡的过程,变成影像在我脑海中播放。我进监狱后姐姐回来陪母亲,她嫁在遥远的外省,女儿正上幼儿园,每天打电话过来都哭,问她什么时候回去。母亲总说:"你回去吧,我没事的。"两个星期后姐姐回去了。一个炎热的中午,在地里劳作的母亲突然晕倒,幸好被人及时发现,用土办法让她醒过来。此后母亲就病了,去县医院没查出问题,但她经常感到头晕,有时在路上走着走着就得停下休息。有人劝她去市医院查查,她说:"没事的,我只是身体太虚了。"就这样拖了一年多,那天在地里劳作的母亲又突然晕倒,这一次倒在水坑里，脸部浸在水中，第二天才被人发现。

舅舅压低声音说："我怀疑是被罗家陷害的，报了警，法医过来鉴定，说没有受到他人伤害。"我不知说点什么，习惯性做一次深呼吸。舅舅清清嗓子，接着说："如果你爸不早早地过世，或者你不出这一桩事，又或者你姐嫁在近处，你妈不会死那么早。"舅舅有些哽咽，说："都是命，这一切都是命。"稍停片刻，舅舅又说："那一年你妈时不时就回我们这，她经常提起你，担心你这辈子成不了家。"我再也忍不住，埋头哭出声来。

母亲的面容不停在我脑海闪现。我入狱快一年时，姐姐带母亲来看望我，隔着厚厚的玻璃，我看出母亲憔悴了很多，我不知道她已经生病。我们都强忍住不流泪，但最终还是大哭起来。最后母亲说："幺，你好好改造，妈妈在家等你。"母亲还是没等到我出狱。丧事结束两周姐姐来探监，我才知道母亲已过世，埋在后山我家的地里，跟父亲的坟墓离得不远。我没有埋怨姐姐不早点告诉我，那时凭我的表现是不能回家奔丧的。姐姐说："我们没有家了。"我说："姐，还有六年多我就可以出去了。"这句话让姐姐哭起来，临别时她说："你好好表现，看能不能减刑。我那边日子过得不好，等有时间再来看你。"后来姐姐没再来看我，我也没有得到减刑。

许久后我平静下来，和舅舅谈起了别的。两个病人，一老一少，在容易让人伤感的秋天里，从生死大事聊到鸡毛蒜皮。也许是长时间没跟人聊天的缘故，我竟感觉到无比的畅快。仿佛我们都已经把世事看透，在秋风里安静下来，等着那该到来的到来，并张开双手做好迎接的准备。就像那一树一树的绿叶，静等着时间将它们染黄，然后随风飘落。一切就是这么简单，一切终究都会消逝。

中午时舅妈回来了，她的背不知何时佝偻了，脸上露出疲劳的笑。舅妈洗了手淘米煮饭，我过去帮着择菜。舅妈边忙边说："你表哥不成器呀，丢两个孩子在家给我，钱也不打回来，我还得为他们在学校的生活费发愁。"我问："他们的妈妈给生活费吗？"舅妈说："别提了，自从她跟你表哥离婚后，就没回来看过一眼。"我说："再过一两年，他们初中毕业，你就轻松了。"舅妈说："我没钱给他们读职校，初中毕业就让他们出去打工吧，只希望别跟你表哥一个样。"

在舅妈的唠叨中，简单而丰盛的饭菜上桌了。舅妈喊了几声，楼上传来不耐烦的声音："我不吃。"我和舅舅、舅妈围桌坐下，舅舅要喝酒，问我能否喝一点。我正好也有兴致，于是说："我好久没喝了，今天陪舅舅喝一点。"舅妈说："你在吃药，不能喝酒吧？"舅舅已经给我倒酒，说："少喝点没事。"其实"没事"是假的，只是我已经不在乎。吃过饭,舅妈又去果树基地干活,根本没有时间休息。我陪舅舅坐一会便告辞了,舅舅挽留我住几天,但不知为何我总想回家。

这一次没有晕车,只是四十分钟的山路依旧让我感到疲惫,途中休息了两次。回到村口时,两辆小货车往村外驶去,我愣了半天才回过神来,意识到是他们两家搬走了。啊,村庄里只剩下我一个人了,我心里有种说不出的感觉。我曾无数次盼望这一刻到来,而现在这一刻真正到来我却迷茫了。搬还是不搬,这还真的是个问题。现在走四十分钟我都感到疲惫,如果再这样下去,有一天我是不是就无法走出这山间了?我站在土坡上,久久望着这一个人的村庄,直到夜色从天而降,慢慢将它覆盖住。

一匹斑马在我的梦里大笑,它的牙齿让我有些生气。父亲突然出现,他抽着烟骄傲地走近我,拍拍斑马的背,笑着说:"小孩,看看我的坐骑怎么样?"难道父亲没认出我?我顿时感到难过,说:"爸,你可是我爸呀。"父亲和斑马大笑两声,他说:"当然了,但现在我是一个出色的猎人。"在我的生活中,很少听到"猎人"一词,我兴奋地说:"那么猎人,让我们来谈谈理想吧。"父亲思虑片刻,说:"这样吧,我唱一首歌给你听。"没等我回答,父亲就开口唱起来,是我们这边的山歌，清脆嘹亮、婉转悠扬。在我们这地方，父亲的歌喉是得到公认的，他唱完后我还沉浸在其中。他摇我的肩膀，说："你在这里等我，我去树林深处，用歌声诱惑一只会发光的长颈鹿，捕获回来送给你。"说着父亲骑上斑马走了。我喊道："发光的长颈鹿有什么用？"父亲头也不回地说："能帮你实现理想。"

梦醒后天色已经发亮，我翻身继续躺在床上。"能帮你实现理想。"父亲的声音又在耳边响起。入狱前我的理想是考上大学，只是没有实现。入狱后我的理想是早日出去，但渐渐地就淡了，心想一辈子待在里面也挺不错的。出狱后我的理想是找个媳妇，过上正常人的生活，倒是跟一个离婚的女人交往过，因她带着孩子没有成。生病后我就没有理想了。可是这个梦暗示着什么呢？从不相信梦的我开始有些神神道道。我决定去父母的坟前烧点香、纸。

我起床煮了一碗面条，其实没有食欲，只是不能空腹服药，所以逼自己先吃点东西而已。只吃一半就吃不下去了，我把剩下的半碗倒在院子的石头上，心想留给麻雀吃吧。最近一些麻雀喜欢到我家院子啄食，脑海里冒出高中时学过的一个成语：门可罗雀。我翻出香、纸和镰刀，往后山走去，途中发现没带打火机，又踅回家取。爬到后山时累得直喘气，右上腹又开始隐隐作痛，我一屁股坐在泥土上。这几天浓雾已散，每天中午还能见到太阳。此刻丛林葱郁、凉风习习、鸟雀争鸣。好多年没有这样看景了，我竟有种莫名的感动。就这样坐了许久。

来到母亲的坟前，到处长满各种草木，简直看不出这是坟墓。正月十五来亮灯我才割过呀，这些草木的生命力也太强了，我紧握镰刀割起来。割着割着，一阵疼痛传遍全身，我看到食指被割破，紧接着血流出来。我把蒿叶揉烂包住伤口，找来构树皮捆扎好。小时候没有创可贴，干活伤到手，母亲就这样给我包扎。稍作休息我又继续割，边割边想，如果人有灵魂，那母亲的灵魂应该得到了安慰。半个小时的样子才割完，母亲的坟终于全部显露出来，我跪下来燃香烧纸、磕头。磕完头我在坟前坐下，想象母亲把我搂在怀里。十年前的那天晚上，在等待警察到来时，母亲就流着泪默默搂着我。想到这我有点想哭，赶紧起身走向父亲的坟。

父亲的坟边草木更猛，四十多分钟才全部忙完。坐下休息时，右上腹疼痛得很厉害，我几乎昏倒在地上。食指的血还没完全止住，穿过蒿叶滴落在地上。我闭上眼睛，想象身上的血慢慢流尽。不知过了多久，疼痛才减轻下来，血也不再流了。山脚下的树林里杜鹃声声，里面一定长了很多蘑菇吧。小时候为了补贴家用，姐姐带我走遍树林，找到蘑菇拿去镇上卖。这时脑海中无端地响起几句山歌，我愣了片刻，意识到是昨晚的梦中父亲唱的。监狱里的日子无比漫长，我曾无数次痛恨父亲，因为他那极好的歌喉，导致我们家一步步陷入灾难中。

在我们这偏远地区，老一辈都喜欢唱山歌。我父亲是当地的"歌王"，红白喜事他总去凑热闹，好些妇女都喜欢跟他对山歌，还闹过不少绯闻。村庄里罗来的老婆也爱唱山歌，一次跟我父亲唱了两个小时，回家后两口子吵起来。据说她处处贬低罗来、抬高我父亲，被罗来狠狠收拾一顿。人们开始添油加醋，背地说罗来的儿子长得像我父亲。这些谣言传入罗来的耳中，他对我父亲的怨恨越来越深，一次酒后跟我父亲闹矛盾，两人打一架，都受了轻伤，经过众人的调解总算了事。过后我父亲经常腰疼，有时疼得在床上缩成一团。我四岁那年的秋天，收完苞谷的那天晚上，父亲用药酒揉腰部，然后喝下一碗才睡觉，可这一睡就再也没有醒过来。那时候我真不懂事，母亲和姐姐哭个不停，我却在一边迷茫地看着。直到父亲入土，我知道我再也没有父亲了，才放声大哭起来。

那些贫穷的年头里，母亲经常对我和姐姐说，我父亲的病是被罗来殴打而引起的，叮嘱我们要远离罗家人，以防再次遭到陷害。逐渐长大的我对罗家起了恨意，可当时并没有想到要报仇，只想通过读书走出大山。小学到高中一切都很顺利，却在高考时被卡住了，成为人们饭后闲谈的素材。那时我应该患有轻度抑郁，虽然性格内向但却很偏激，对整个世界充满不信任与怨恨。一天中午人们闲谈时，罗来说一句关于我家的话，恰好路过的我被刺激到。罗来的孩子都在外打工，只有他和妻子在家。我酝酿一个下午，于黄昏时悄悄来到罗来家，他和妻子正在吃饭。我亮出刀只是想吓吓罗来，他妻子大叫着说："你千万不要做傻事呀。"趁我转移注意力，罗来把板凳扔过来敲中我的头。我跳起来猛地冲过去，一刀就刺进了他的胸口。

正如村主任说的，时间是最好的药，现在我对父亲没有半点怨恨。有那么一瞬间我还想，要是父亲的歌喉遗传给我就好了，学生时代会唱歌的男生很受女同学欢迎。高三那年我暗恋班上一个女生，她是从外地转学过来的，但我没有勇气跟她说一句话。一次晚自习没有老师，她换座位去跟一个会唱歌的男生坐，他们嘻嘻哈哈地谈着什么。懦弱的我不知道该怎么办，跑出教室爬到五楼上，望着镰刀般的月亮，想着要不要跳下去，最后下课铃声让我醒悟过来。这么多年了，估计那女生早已成家立业、生儿育女。她那么美丽，只有荣华富贵的生活才配得上她。

将近中午我才回家。远远看到院子里有条黑狗，它正吃着石头上的面条。我一阵惊喜，放慢速度走近。我认出是罗来家养的狗，准确地说，是罗来的儿子养的。

之前黑狗成天在村子里乱窜，背部有一小块地方化脓、腐烂。罗来的儿子也至今未婚，我出狱后没跟他正面相遇过，我们似乎都在躲着对方。年初他忙完母亲的丧事就搬迁了，他搬走后我就没见过这条狗，我还以为被他带走了或者已经死掉，没想到今天又看见。黑狗发现我后，警觉地后退几步，但估计舍不得面条，并没有跑开，而是夹着尾巴看我。我小心翼翼地走过去，轻轻打开门进屋，从窗前观察黑狗。黑狗意识到没有危险，快速把面条吃完，转身慢慢离去。

我坐在屋檐下熬药。火安静地燃着，药罐里发出嗞嗞声响，像是在诉说生命的秘密。村口传来摩托车的声音，越来越近，我不安地站起来。很快摩托车在路边停下，有人打开手电筒，朝我家走来。待他走到院子，我才认出是村主任。他喊道："还没吃饭？"我说："早吃过了。"把他迎进屋。他坐下后，说："你在熬中药？"我脸上发烫，不自在地说："是的。"村主任没再问什么，从公文包里掏出资料，又开始动员我搬迁。

"我还是担心你，所以过来看看。"村主任说。我沉默着，不知该如何回应。他接着说："晚上一个人在这里很无聊呀。"我笑笑说："习惯了。"村主任开始介绍房子的户型、面积以及周围的环境，把资料递给我看，我接过来象征性看一眼，又还给他。他说："好几次说带你去看，你都不愿意去。加个微信吧，我发照片给你看。"加了微信后，村主任发来几张照片和一段视频，室内装修看着不错，还配有桌椅板凳，室外设有运动设施，晚上则变成夜市，烧烤摊、水果摊等一应俱全。

村主任问道："怎么样？"我犹豫着说："还可以吧。"估计他以为我动心了，拿出一份资料和印泥想让我签字，还对我的未来做了个简单的规划。最终我还是没有签字，村主任说："你不会遇到什么大事了吧，你吃的是什么中药？"屋檐下的火已熄灭，夜风吹来，药罐里飘来阵阵药味。村主任接着说："你就是因为生病所以不搬迁？有什么困难，你说出来呀。"我沉默着，右上腹微微痛起来。村主任又说："憋在心里面是不行的，说出来大家一起想办法，总能解决的。"疼痛突然加重，我做一次深呼吸，开口说道："肝癌，晚期……"

"你应该早点告诉我呀，生重病，村里面有补助。"村主任又翻出一份资料，填写我的信息，让我签字按手印，说要为我办理低保。随后用手机对着我拍照，叫我把身份证正反面和病例发给他，说明天就帮我把申请交上去。除了姐姐和舅舅，村主任应该是最关心我的人了，我一时竟有些感动。临走时他说："现在治病要紧，搬迁的事情不急，你有时间和你姐商量，听听他们的想法。"

村主任走后，我喝了一碗药，看着无边的黑夜，陷入了沉思。我早就和姐姐谈过搬迁的事情，她建议我搬但我不想搬，为此她还有些不高兴。她说厂里的效益不好，工资都降了。我叫她别再给我转钱，反正吃药也没用。可第二个月她依旧转钱过来，我思虑一番还是收下了。此刻我想，要不就搬了吧，配合村委的工作，不给村主任添麻烦，死后还可以给姐姐留一套房子。

黑狗又来了。最近每天中午和晚上，它都会过来找东西吃，我也养成了习惯，每天在石头上放点食物。经过几天的相处，黑狗对我产生信任，它吃东西时允许我站在旁边。它的背部依旧在化脓，伤口已有掌心那么大，我仔细查看，它就警惕地后退。它每次吃完东西就走，我不知道它去哪里，心想多半是回罗家的旧房吧。今天晚上，黑狗吃完后并没有立即走，而是到屋檐下坐着，歪着头舔伤口。我说："黑狗，今晚就住这里吧。"它竟然对着我点点头，接着用头蹭我的脚。我找来两件破衣服铺在屋檐下，它便高兴地躺下了。

半夜我被痛得醒过来。实在睡不着，起床打开门看黑狗，它睡得正熟。我蹲下身打开手电筒，黑狗的伤口腐烂得让人恶心，还冒出难以忍受的臭味，我赶紧走开。黑狗被惊醒，猛地站起来，看到是我才放松警惕。我找来一块破布，想为它包扎伤口，它怎么也不配合，我只好作罢。我和黑狗坐在屋檐下，疼痛似在加重，我不禁呻吟两声。黑狗看着我，我摸着它的头，说："黑狗，我痛得受不了。"黑狗低下头呜咽两声，估计它也在承受着病痛。

我说："我们去黑夜里走走吧。"黑狗点点头。我们漫无目的地走在路上，黑狗紧跟在我身边。远处传来猫头鹰的怪叫，黑狗吠了两声，我轻轻抚摸它的头。一切又陷入寂静，连虫鸣都没有。我问："黑狗，你说说，我们这样痛苦地活着，有什么意义？"黑狗不答，舔舔我的手背。我们走过了村庄，沿着一条小路走去。

没有月亮的晚上，我点燃火把，走过／空荡荡的村庄，寻找他们留下的足迹／风从身后吹来，身体里的水塘泛起涟漪／我两手空空，抬头望着漆黑的远方／喊不出声音。把独孤想象成花朵，盛开在伤口处／夜逐渐深了，身体里的水塘映出我模糊的容貌／我不断地深呼吸，在这无边的疼痛中／安静下来，构想一些比时间缝隙还小的细节／而风从身后吹来，我站在原地听到／身后的村庄传来哀歌，可我已经不再心慌／我知道那些发生，或者没有发生的事情／都会被人们一一忽略，就像现在／风从身后吹来，不会有人知道／我闭上眼睛，夜就很深了……

我一边走一边在手机上写，把这段文字发在朋友圈。黑狗突然叫了几声,我猛地抬头,一座坟墓映入眼帘,我条件反射地后退几步,随即平静下来。我上前用手电筒照墓碑,扒开比墓碑还高的荒草,发现是罗来的。我无声地笑笑,凌乱的记忆又开始涌动。我说:"罗伯,是我。"没有回应。我说:"罗伯,我痛得受不了。"没有回应。我说:"罗伯,我会在今晚死去吗?"没有回应。我说:"罗伯,等我死了,再亲自向你赔罪。"没有回应。我说:"罗伯,当初我不该……"我声音哽咽,说不下去。好一会才缓过来,疼痛慢慢减轻,我说:"黑狗,我们回家吧。"

早上舅舅打来电话,一开口就问我的病情,我欺骗他说还是老样子,其实比前段时间更严重了。舅舅说:"我昨晚上做了个梦,梦到你妈说要带你走,所以我担心你。"我说:"舅舅,我状态挺好的,你也要养好身体,过段时间我再去看你。"我顺便和舅舅谈搬迁的事情,说整个村庄就我一个人了。没等我说完,舅舅就说:"搬。换个环境,你的病会好得更快。"接着舅舅为我规划未来,仿佛我的病真的会好,喜悦不禁从我心底浮起。

我打开微信朋友圈,村主任给我点赞,前女友给我评论:好久没见你的动态了,最近过得好吗?我突然想和她谈谈近况,可不知从何说起,于是回复道:还可以，你呢？放下手机开始煮面条，为我和黑狗准备早餐，这两天我好像食欲大增了。过一会前女友发来信息，说她回老家了，这几天忙着收苞谷，人都晒黑了。字里行间透露出她的心情不错。她接着告诉我，她就要结婚了，男方带有两个孩子，但凑合着过。我祝福她。她说：你人挺好的，有时候还会想起你，只是你不喜欢我。我说：都过去了，还提这些干吗？我心想，幸好当初没娶你，要不今天你就得过苦日子了。

吃了早餐、服了药，太阳很好，心情不错，我便带黑狗出去散步。我不大跟人交往，此前从未如此散步过，现在带着黑狗走遍每一条路、查看每一座房子，就像国王带着他的大臣视察江山一样。走着走着，黑狗像是闻到什么，它抬头嗅了一会，往前跑五六米停下来，摇着尾巴向我叫唤。我加快脚步过去看，是一只死去的麻雀，腹部有个手指般大的洞，我捡起来看，几只蚂蚁从洞里钻出来。我说："黑狗，我们把它埋了吧。"黑狗点点头。我找来一截树枝刨土，黑狗也跟着刨。泥土松软，我们很快就刨出一个合适的坑，我把麻雀身体里的蚂蚁全部抖搂出来，然后轻轻放进坑里，用泥土覆盖住。

忙完后我们沿路回家。途中遇到我以前的邻居，据说他家四年前搬去了镇上，但每年都回来种苞谷，现在一家五口开皮卡车来秋收。他们把车停在路边，下车后惊讶地问我："你还没搬走？"我有些不好意思，笑笑说："还没有。"他们又问："还有哪家没搬？"我说："就我了。"邻家大伯看看我身边的狗，说："这是罗家的狗，怎么还在这？"我说："不知道，其他人全部搬走后，它就出现在我家门口。"他接着说："是个好品种，十年前罗来养的那条狗传下来的。"我一时不知怎么回应，退到路边给他们让路，黑狗也跟着退到路边。他们一家走过去后，邻居大伯又说："这狗的背上烂了，应该活不长啦。"

我有些不悦，黑狗似乎也跟我一样。回到家后，我侧躺在床上，黑狗趴地上。我说："黑狗，刚才他说我们活不长了。"黑狗呜咽两声。我说："黑狗，我们要努力活得久一点，活给他们看看。"黑狗点点头。我说："黑狗，你要一直陪着我，好吗？"黑狗爬起来，走近床头舔我的手。我瞬间鼻子发酸、眼角湿润，黑狗呜咽两声，舔我的脸。许久后我平静下来，说："黑狗，昨晚上没睡好，我们睡觉吧，休息对养病有好处。"

一觉醒来太阳已偏西，邻居家已经收完苞谷走了。黑狗应该饿了，跑到院子嗅那块石头，我回屋准备吃的。黑狗突然狂吠不止，我赶紧跑出来看，一辆白色越野车停在路边，先后下来三个男士、一个女士、一个小孩。我认出其中一个是隔壁村庄的唐林，我轻轻叫一声"黑狗"，黑狗不再吠叫。唐林和我同年参加高考，他考上北方一所大学。我出狱后听说他在县城工作，早已结婚、买房，把父母都接过去住了。我没见过唐林的妻子，但看那情形，女士和小孩就是他的妻子和孩子。

他们从后备厢提了东西，向我家走来，我正感到疑惑，唐林笑着说："在家呀？"我说："在家。你过来有事？"他说："来看看你。"到了院子，他笑着说："这三位我就不介绍了，你自己认吧。"我愣了半天才认出来，是我高三的同班同学，我激动地叫出他们的名字，眼泪差点就流了出来。唐林把东西放在屋檐下，说："这是我媳妇，这是我姑娘，来，快叫叔叔。"真是梦如人生、人生如戏，唐林的妻子是我曾经暗恋的那个女同学。

随后村主任骑摩托车到了，他说："唐主任的单位帮扶我们村，今天早上我向他汇报你的情况，他说和你是高中同学，所以今天下午特意来看你。"我搬板凳到院子给他们坐，然后忙着淘米煮饭。唐林的妻子说："我来吧，你去陪他们坐。"我又把桌子搬到院子，大家围桌坐下，唐林把他们买来的啤酒、瓜子拿上桌，知道我不能喝酒，还特意买一件矿泉水。我以水代酒跟他们碰，几杯下肚后，大家的话多起来。唐林的妻子当初也考上了大学，现在是县一中的老师，另外两位同学没考上大学，现在在县城搞装修。谈起过去的事情，大家都不住地感慨。

唐林的妻子炒一桌菜，都是他们买来的。我家里只剩下一点酸菜,也端上了桌,蘸着煳辣椒吃。酸菜是我自己做的,多年以前母亲教我的,他们都说这酸菜味道好。大家边吃边聊,又谈到了搬迁。一个同学说:"你还是搬吧,去县城无聊了可以随时找我们聚,如果身体允许,还可以跟我学装修。"我说:"我估计干不了装修。"唐林说:"可以临聘到我们单位,写点简报什么的。"我说:"我能写吗?"唐林说:"谁不知道你以前的语文学得好,作文还被老师当作范文读过,只是你的数学英语不太好,要不也能考上大学的。"村主任说:"昨晚上你发的那条朋友圈,应该是诗歌吧,我不懂,但读起来觉得不错。"其他人都嚷着加我微信,说要读读。一顿饭结束,我同意搬迁并签了字。计划后天搬走,由搞装修的同学开货车来为我搬。

第二天我开始收拾东西,好些物什该扔了但舍不得扔,全部整理打包。黑狗显得很高兴,在我身边跟来跟去。我说:"黑狗,我们就要搬家了。"黑狗"汪汪"两声。我说:"黑狗,跟我去县城住,你习惯吗?"黑狗又"汪汪"两声。我摸摸它的头,哼唱起几句山歌,走调得把自己逗笑。中午过后才收拾完毕,我和黑狗随便吃点东西,坐在屋檐下想一些事情。不知道怎么的,我突然泪流满面,黑狗呜咽两声,不停蹭我的肩膀。

我给舅舅打电话,说我已经确定搬迁。舅舅说:

"这就对了。我帮你看看日子，选一个好日子就搬吧。"我说："已经说好了，明天就搬走。"稍停片刻，舅舅说："你可以先搬，我给你看好日子后，和你舅妈过去，煮一顿饭吃、做一下仪式。"和舅舅通完电话，我给姐姐发信息，说明天就搬去县城。姐姐回复：搬走之前，你去给爸爸妈妈烧点香、纸。

我拿上香、纸和打火机，带上黑狗往后山走去。上坡容易疲惫，右上腹隐隐作痛，我只得坐下休息。黑狗好像也累了，吐出舌头直喘气。我说："黑狗，明天我们离开家乡，你会伤感吗？"黑狗不答。想想自己说的话，我不禁笑起来。休息了三次，才到达母亲的坟前。我点燃香、纸，跪下磕头，说："妈，我明天就搬进县城了，以后逢年过节再回来看你们。"接着又去给父亲燃香烧纸、磕头，说："爸，也许过完今年，我就过去陪你们了。"我调整着情绪，不流一滴眼泪。

最后的秋天，在山间晒晒太阳／天空高远，看不到飞鸟折断的翅膀／就像大地空旷，找不到双亲留下的足迹／在山顶，模仿少年大喊一声／看到破旧的家乡，将被人们遗弃／祖先曾经幸福地生活，到底过了多少年／而我们必须离去，在异乡的秋天／只能静默，想象天黑以后发生的事情／这时候，我就觉得这些野草／像一个人沉默不语，或者像一只蚂蚁／用余生的时间，在石头上爬来爬去／直到晚风吹来，它们轻轻摇动／像风水先生的语言，继续往深夜传去……

我特意留点香、纸，打算下山烧给罗来。有时候我感到特别后悔，如果当初不杀害罗来，说不定补习就能考上大学。那估计今天母亲还活得好好的，我也会跟唐林一样，已经成家立业，生儿育女，接母亲去县城住。舅舅的话又响在耳边："都是命。"老一辈常说"一失足成千古恨""恶有恶报"，也许这身重病就是命运对我的惩罚。生病的人很奇怪，容易相信这些有的没的，从而心变得柔软。

我和黑狗休息两次，才到达罗来的坟前。没带镰刀，我把坟前的杂草拔掉，给罗来烧了香、纸，说："罗伯，我明天就搬进县城了，今天特意来跟你辞别。"黑狗坐在一边看着我。我拍拍罗来的墓碑，说："罗伯，我也快死了，我们下辈子做父子吧。"说完我满意地笑了。稍停片刻，我跪下来磕头，说："罗伯，你原谅我了吗？"天色渐渐变暗，晚风吹过来，围着坟绕了三圈，像是罗来的声音："原谅了……"待风远去后，我起身和黑狗回家。

晚上我做了一个梦。父亲骑着斑马归来，身后跟着一只长颈鹿。走到院子他跳下马背，和斑马一齐放声大笑。我特别留意斑马的大嘴,它的牙齿不再让我感到生气。我说:"亲爱的猎人,我还以为你远走他乡了。"父亲说:"怎么可能,我说过要为你捕获一只会发光的长颈鹿。"紧接着父亲招招手,长颈鹿便上前两步。父亲清清嗓子唱起山歌,稍停片刻长颈鹿舞动着脖子,它身上的斑点随着节奏闪闪发亮,斑马在旁边朝我挤眉弄眼。一曲结束,我说:"但是我已经没有理想,明天我就要搬走了。"父亲说:"理想还是要有的,比如努力地生活。这样吧,我给你变个魔术。"父亲伸手在长颈鹿面前摇晃几下,大喊一声:"变。"长颈鹿随即变成一个人,我没费力就认出是罗来。我惊讶地问:"你们,这是?"父亲和罗来相看一眼,然后笑着对我说:"我们是好兄弟呀。"

树 林 里 的 秘 密

母亲过世不久，父亲就患了老年痴呆症。

母亲的丧事结束时，我发动亲戚劝他进县城跟我住，顺便帮我接送上幼儿园的女儿。但父亲那犟脾气，谁来劝都没有用，他一直说自己留在老家，我也只好作罢。由于母亲刚过世不久，我担心他感到孤独，几乎每天下班就回老家，翌日起早又赶去上班。

有天我回到家，父亲正坐在院子里抽烟，看到我后他站起来，显得有些不自在，随即又坐下，抱怨似的说了句："天都快黑了，你妈还不回家。"当时我确实吓了一跳，但我没有放在心上，赶紧转移了话题。第二天又重复此情形，我再也忍不住，说："我妈死去都快一个月了。"父亲好像才想起来，"哦"了一声，接着尴尬地笑笑。第三天他没说类似的话，可第四天又开始了。

我不禁产生怀疑，想叫父亲上医院检查，但我知道他绝对不会去。我有个高中同学供职于县医院，我把父亲的情况描述给他听，并请他跟我去老家看一眼。他跟我父亲交流一会，观察其神态，然后朝我点点头，我心里担忧起来。回县城的路上,他说:"有百分之九十的可能是阿尔茨海默病,也就是老年痴呆症。"我问:"该如何治疗?"他说:"目前没法治愈,倒是可以去市医精神内科看看。"接着又说:"不过说实话,看了没什么用。现在只是初期,多花时间陪老人吧。"

我一有时间就搜索"阿尔茨海默病",可网上的信息实在庞杂,各种各样的说法都有。我把浏览过的视频、文字集中起来分析,大致归纳出两种观点。第一种:这种病不可逆转,病人慢慢严重起来,由最初的记忆减退发展到生活完全不能自理,最终大小便失禁、肢体僵直、昏迷不醒,死于感染等并发症。第二种:家人多陪患者锻炼身体,经常帮助患者回忆往事,通过药物、音乐等疗法,可让病人有些许好转。我把这两种观点记在笔记本上,陷入了沉思。

父亲二十多岁时结的头婚,可婚后不久他就开始家暴。据说有次去镇上赶场,喝了酒的他不知因何事打骂妻子,从镇上一直打骂到家里,当天晚上人家就悄悄跑了。父亲一直在外漂泊,漂到三十多岁遇到我母亲,再次结婚。婚后一年生下我大姐,再过一年生下我二姐,三年后才生下我。父亲的脾气依旧没改,但为了三个孩子,母亲还是跟他生活了三十多年,直到生病过世。生下我时父亲已经四十岁,也许因为他的脾气,再加上年纪相差较大,我们的父子关系并不好。初中时我还曾经恨过父亲，上高中后因为经常远离家乡，对父亲的感情才慢慢发生转变。但不管怎样，他都是我父亲，我得对他负责。

为了帮助父亲锻炼记忆力，晚餐时我总没话找话，问父亲白天干了些什么。多数时候他都回答得很清楚，给柚子疏果或者给枇杷剪枝。但有次父亲却说："今天跟你妈在山上采石头。"我做了次深呼吸，问："那我妈现在哪去了？"他四处看看后，说："准是留在后山守那块地，你妈舍不得那块地。"母亲的坟墓恰好就在那里，砌坟墓的石头是父亲采的。父亲接着说："那块地种花生很好，以前差点就被罗家占了。"我不知怎么回答才合适。网上的方法我都想试试，还特意买了个音质好的音响，黄昏时播放一些轻音乐，努力和父亲谈起陈年旧事。可父亲并没有什么好转，好像还越发严重起来。

单位工作难度不断增加，我犯了一个不该犯的大错，在会上被领导点名严厉批评，我一时冲动反驳了几句。同事们似乎都在幸灾乐祸，我感到无形的压力越来越大。父亲这病现在还是初期，若到了生活不能自理的地步，我该怎么办？打电话催了好几次，大姐和二姐才同意回来商量此事。大姐嫁在贵阳边上的农村，二姐嫁在贵阳市里面，两家的条件都只是一般般。刚到我家里坐下，她们就表示只尽最大努力出点钱，没法回来照顾父亲，我知道这是她们途中商量好的。其实我没想过叫她们回来照顾，毕竟她们都各自有着家庭，我只是觉得她们的生活经验比我丰富，想当面跟她们谈谈、听听她们的意见。

大姐说："爸爸根本就不爱我，我以前经常遭到打骂，所以小学毕业就出来打工，早早地就嫁了人。"二姐说："以前家里穷，爸爸不想让我读书，我初中没读完就辍学了。现在我两个孩子都在读高中，我得挣钱抚养他们。我已经吃过没文化的亏，不能再让孩子们吃亏。"我说："过去的事还提它干吗？我小时候还不是经常遭到爸爸打骂？"大姐和二姐说："但毕竟老一辈都重男轻女，爸爸最疼的还是你，为了让你能一直读书，我们都做出了牺牲。"我说："那是因为你们成绩差，自己读不下去呀，如果你们的成绩跟我的一样好，父母能不让你们读吗？"我们三姐弟就这样吵起来。

幸好妻子已准备好饭菜，叫我们先吃点饭再商量。昨晚听说她们要来，今天上午没课的妻子没去学校，起早去菜场买完菜就回家做饭。两个姐姐吃了一碗饭就要走，说还得赶回去上下午的班。事情没商量出个结果，又似乎结果已经摆明，我也不好再阻拦。出门时大姐说："从现在开始，我们每人每月给爸爸两百块钱的生活费，打到你的微信上，你离家近且有稳定的工作，就多辛苦你了。"十来分钟的样子，大姐和二姐先后转账给我，我把手机给妻子看，问："要不要收？"妻子夹起一块排骨，说："收，为什么不收？"

回到老家我把钱给父亲，告诉他这是我大姐和二姐给的，以后每个月她们都会给他钱。父亲说："哎呀，我又不缺吃不缺穿。"但他还是把钱接过去，细心地把折角抚平。我问："我帮你存在卡里，还是你自己放身上？"他说："我自己放身上吧，包里随时有点钱，做事情才觉得有底气。"我说："那你别弄掉了。"他说："你放心吧，我这辈子绝对不会掉钱。"我心里想，但愿他记忆不会再减退，什么东西都不会弄掉。

我很羡慕那种无话不谈的父子，强迫自己多去跟父亲交流，但往往几句开场白后我们就陷入沉默。我发现父亲跟我交流时总有点怕我，就像我小时候怕他一样。我请那位高中同学帮我分析，他说："你是不是伤害或者威胁过你爸？"我一口否决道："没有，孩子怎么可能威胁父母？"他说："好好回想一下，有时候就是一个小细节。"失眠的晚上，我开始回忆我所知道的父亲的经历，我让回忆速度减慢，尽量不错过任何细节。忽地，我脑海里出现个硕大的"点"。

母亲去世的前两年，还遭到过父亲殴打。他们因一些鸡毛蒜皮的事起争执，父亲就动了手，几拳打在母亲的脸上，母亲的脸顿时就破了，她在跑的过程中摔倒，父亲又追上去踢几大脚。母亲哭着给我打电话，我趁中午休息时赶回家，也和父亲起了争执。父亲的声音越来越大，我吼道："你再这样下去，如果我妈先死，你不会有好日子过的，我绝对不会回来看你一眼，大姐二姐更不会回来……"他似乎愣了片刻，随即声音小下去。

当时父亲被我用语言制服，我还感到非常自豪，但现在想到此事，我却深深地自责。我这才意识到，那些话确实对父亲有着威慑力，母亲过世后，年老的他一定没有了安全感。我甚至怀疑就是因为我说的那些话，他才患上阿尔茨海默病、不断寻找我母亲。可现在事情已经到这步田地，再自责又有什么用呢。反复想了好久，我觉得应该从某些方面弥补父亲。可我突然发现我对父亲根本就不了解，不知道该怎么去弥补。

两个姐姐是靠不住了，但这也不能怪她们，她们的生活比我还苦。大姐夫两年前出车祸伤到腿，现在都还靠拐杖走路。儿子小小年纪就结婚，可现在又离婚了，丢下孩子给父母，自己吃了上顿没下顿。女儿正处于叛逆期，在学校多次违反纪律，班主任动不动就打电话来，而且她还经常夜不归宿。二姐夫吃喝嫖赌样样来，二姐说他几句，他就吼道："那就离婚呀。"可二姐不敢离婚，她不想让两个孩子受到影响，很多时候都在忍气吞声。

我跟妻子商量此事，妻子说："那就给你爸找个老伴吧，有个人照顾他，你还减少点麻烦。"我觉得这很荒唐，说："我爸都七十一岁了，还找什么老伴？如果几年后他死了，老伴赖在我们家住，那可怎么办？"妻子说："你自己看着办吧，如果以后生活不能自理，你就跟你两个姐凑钱请保姆照顾，要不你就自己回去照顾。"我不高兴地说："我自己看着办，那你呢？"妻子比我还不高兴，说："那是你爸呀，叫儿媳妇去照顾生活不能自理的公公，总不方便吧？"妻子这么一说，我还真无法反驳。

我回老家的频率越来越高，有时候连中午都要回去看一眼。这天下午下班时我准备走，一个同事突然叫住我，说："最近两个月以来，一到下班时间，你跑得比谁都快。"我说："最近家里有事。"我心里不高兴，但也没办法，他是领导的"红人"，得罪他没什么好处。他说："领导让我给你传话，下个星期你去市里培训一周，文件我马上发给你。"我大脑"轰"的一声，同事转身欲走时，我说："我家里有事，去不了市里培训。"同事微笑着说："这是领导安排的，我只是负责传话。"我立即赶到领导办公室说明情况，可没等我说完，领导就吼道："去不了就别去。"我愣了片刻，轻声说道："那我就不去了。"领导继续吼道："不服从安排就随便你，你不要工作都可以。"我退出领导办公室，默默地回了老家。

我刚下车，父亲就走过来，急切地问："这个月你姐打钱来没有？"我拿出手机看日历，又查看微信聊天记录，才知道新的一个月又开始了。父亲的记忆一直在减退，有时候嘴里叼着一根烟，拿着火机找火机，有时候忘记自己刚刚吃过饭，又着手做晚饭。我还真没想到，他对钱却记得这么清楚。我疲惫地说："这个月才刚开始，再等几天吧。"他说："她们不会忘了吧？"我说："不可能忘。"他说："过几天她们再不打钱过来，你就问问。"我心情很糟糕，走进房间，懒得回答。父亲的声音从身后传来："我每天都把她们给的钱拿出来看一会，就像看到她们的人一样。"听到这，我心里有一种说不出的感觉。

晚上躺在床上，我越想越感到愤怒，慢慢地愤怒变成害怕。这次培训，到底去还是不去呢？不过，去不去我都输了。在心里合计一番，我决定不去了，接下来的事走一步说一步。我开始怨恨自己，都三十一岁了，还未懂得这个社会的运行规则。翻来覆去想了好久，我得出个大概的原因，这一切都是年幼时的遭遇造成的。将近十二点我仍没有睡意，而父亲的房间已传来呼噜声，童年的一些片段不停在我脑海闪现，我终于起身轻轻走出家门。

月亮很好，我沿着小路慢慢走，一阵夜风吹来，我打了个哆嗦。我眨一下眼睛，似乎看到母亲走在前面，我和大姐、二姐紧紧跟着。我们的脚步越来越快，接着就变成了奔跑。身后不断传来辱骂声，我知道是父亲在追我们，我不敢回头。直到跑进树林深处，我们找到隐蔽地方躲起来，静下来仔细听很久，没再听到任何异响，估摸父亲已经回家，我们才稍微放松下来。一阵夜风吹来，我又打了个哆嗦，发现自己坐在长满青苔的石头上，母亲和姐姐都没有在身边。

我们是何时发现这块石头的？应该是一个月明星稀的冬夜。那晚我和母亲、两个姐姐围着火炉，一边煮饭一边高兴地谈着什么，父亲突然推门进来。两天前去镇上赌钱的他终于回家，坐在一边黑着脸打量我们，我们都知道他赌钱输了，谁也不敢说一句话。整个屋子静悄悄的，几分钟后父亲突然起身，过来一脚把锅踢翻在地。我和两个姐姐反应快，忽地跑出门去，母亲跟在我们后面，被父亲一脚踢在背上，她一个趔趄差点摔倒。父亲回头拿了扁担追我们，我们漫无目的地往前跑，还好他只追了几米就没再追。母亲带我们跑进树林，看到这块石头后便坐下来。

这块石头我们坐过无数次，母亲把我搂在怀里，两个姐姐依偎在她身旁。有一次母亲带来一根绳子，轻声哭着说："我真想上吊一死了之，可又担心你们长不成人。"我和两个姐姐跟着哭起来。许久后母亲对我们说："都别哭了，你们快点长大，长大后离开这个家，就不用受他的气了。"也许是我们经常坐的缘故，那时候石头上没有长青苔，后来我们长大先后离开家，这块石头便慢慢长满青苔。现在我坐在青苔上，想着这三十年来我是怎样度过的，眼泪不住地流出来。直到天色发亮，村庄的鸡鸣成一片，我才起身回家。

父亲依旧经常寻找我母亲，有次他对我说："你妈好久没回家，是不是去县城跟你住了？"我有些不耐烦，说："给你说过多少遍，我妈已经死了，你要记住。"父亲的脸凝固了一般，好一会才问道："你妈死了？"我说："是的。"父亲的表情顿时难过起来，低沉地说："你妈都死了，你还没成家，赶紧找个对象结婚吧，年纪也不小了。"我这才察觉到，自从母亲的丧事结束，妻子和女儿就没回过老家。父亲竟然忘记了儿媳妇和孙女，有一天他会不会连儿子也忘记呢？我更加担忧起来。

妻子从小在县城长大，嫌我乡下老家洗澡不方便，而且到处灰扑扑的，很多时候都不愿回去。我对妻子说："从此以后，我们周末回老家住。"她说："你老家什么都不干净，你就不怕孩子生病？"我说："我从小在那样的环境中长大，也没因为不干净而生病。等孩子跟她爷爷熟悉起来，说不定他就愿意上县城住了。"妻子说："他在老家住还不会迷路，来县城如果迷路了，我看你上哪去找。"我不再跟妻子理论，但我明确告诉她，不管怎样都得实施计划。

周末我们一家三口回到老家，父亲把我妻子女儿错认成我大姐二姐，对她们说："你们寄来的钱，我还留着,一分都没用,等你们结婚了,我就拿给你们当嫁妆。"妻子哭笑不得,我告诉父亲这是他的儿媳妇和孙女,他惊讶地问:"你什么时候结婚了?"我说:"早就结了。"他瞬间高兴起来,说:"这么多年,你总算结婚了。"接着他给我母亲烧香烧纸,告知她儿子终于结婚,还生了个女儿。老年痴呆症可真奇怪,他现在又记得我母亲已经过世。我女儿属于自来熟,跟在她爷爷身后走来走去。

晚餐过后我们坐在院子里,太阳正泊在西山的树梢上。女儿说:"爷爷,你家这边为什么有这么多树?"我父亲说:"因为这里是农村呀。"女儿说:"树林里面有长颈鹿吗?"我父亲说:"不知道,没见过。"女儿说:"里面肯定住着许多长颈鹿,一到晚上它们就会发光。"我故意呵斥女儿:"瞎扯,你从哪知道的。"女儿嘟着嘴说:"从书上知道的,幼儿园老师读给我们听的。"接着,女儿嚷着要去树林找长颈鹿,我父亲不知道怎样应付这个孙女,显得有些不知所措。妻子把女儿抱过来,说:"不准去,树林里有吸血的蚊子,拳头那么大,你不怕?"女儿哭闹起来,妻子埋怨我:"你看看,非要把她带回老家。"

过后父亲对我说:"你应该生个儿子。"我敷衍着说:"过段时间再说吧。"妻子生女儿时大出血,当时差点没抢救过来,此后她对生孩子产生恐惧,再加上现在养一个孩子很难,所以我们暂时没计划生二胎。父亲说:"没有儿子怎么行呢?"我没有回答。他接着说:"以前怀你的时候,计划生育抓得正紧,我和你妈在山洞里躲过几个月。"此前我没听说过这些,不知是父亲记忆有误,还是他胡乱编造的。父亲又说:"现在国家政策好,鼓励年轻人生育,所以你要抓住这个机会。"我不想听父亲叨唠,只好答应着他。

在单位里我步履愈加艰难,领导不再安排我的工作,同事们也很少和我说话。我觉得比以前轻松多了,迟到和早退也没人说我。但我清楚这只是第一步,在接下来的年终考核里,我肯定会排在最末。这样下去不到两年,我估计就会调离本单位,按照惯例一般都会调到乡镇上。恰好这时县疫情防控办发来一份文件,要求单位抽一个人去参与疫情防控工作,上班一个星期休息一个星期,上班时须二十四小时在岗。我知道领导已先后找两个人谈话,他们都以孩子小为借口婉拒了。我特别看重"休息一个星期",想了一晚上主动找到领导,说我愿意抽调去干这份工作。领导没多想就答应了,还对我说:"你开窍了,继续努力。"

整个县都在大山里,仅有一条高速路连通外界,人员流动性极低,至今没有出现病例。我的工作非常轻松,吃住都在酒店,有一种享受的感觉。我负责接从省外回来的人去酒店隔离,每天给他们送饭、登记体温,定时联系医生上门采集核酸。虽说二十四小时在岗，但半夜若没事可以睡觉。我跟一个从教育局抽来的工作人员一组，我们商量轮换着值班，每天晚上留一人值班，另一个回家休息，如果被查到就说对方刚去买消夜。他整天都在唉声叹气，总认为自己被"贬"了，单位里没人愿意干的杂活都安排给他。我劝他像我一样过一天算一天，他说这是不求上进，他想往上升，最起码能在单位当上科室主任。

休息时我经常待在老家，偶尔还跟父亲去地里，没什么可做的，就看看果树、拍拍照片。杂草已被父亲锄尽，该剪的枝、该疏的果都忙完，这些农事父亲没有忘记。但"识人"这一块他却病得很严重，有时候连村里的熟人都忘掉了，而且不是一次两次。村里人对我说："你妈过世后，你爸变化太大了，昨天我跟他打招呼，他都没认出我。"我说："年纪大了，记忆、视力、听力都在减退。"我没有提老年痴呆症，"痴呆"两个字含有贬义，我不想让村里人知道。

空闲时间多起来，我决定带父亲去医院看看，当然我没有说去看病而是说去体检。父亲说："我没有哪里痛，体检干吗？"我说："体检是预防疾病的，我们在单位两年都要体检一次。"动员了很久，他才同意去医院。医生对我父亲做了一项测试后，背着他告诉我说确实是老年痴呆症，医生开了一堆药，骗我父亲说是老年人补钙的。临走时，医生对我说："有时间多陪护。"父亲每天按时吃药，自言自语一般地说："老了还真会缺钙，怪不得最近我总觉得腿酸。"我说："是呀，以后喊你去体检，你一定要去。"父亲像孩子一般点头。

我担心以后父亲走失，打电话问他在哪他说不清，于是给他买智能手机，还注册了个微信号，教他学习使用视频通话，若他走失可以跟他开视频。可父亲今天刚学会，第二天又忘记了。我知道靠大脑记忆是不可行的，只能不厌其烦地教，让他形成肌肉记忆，一听到铃声就会条件反射滑动屏幕接听。学了一段时间，父亲只学会了接电话。他总握着手机，望着天边的夕阳，喃喃地说："真的老了，岁月不饶人呀。"

我和父亲依旧没有多少交流，但我感觉他已开始听我的话，有时候一点小事都问我意见，比如端午节要不要包粽子。我说："不包了，没谁吃。"我和父亲向来都不爱糯食。父亲说："你妈以前喜欢吃。"我想了想，说："那就包几个吧。"包粽子那天恰好是周末，我带妻子和女儿回家一起包。父亲又没认出孙女，还以为是走失的儿童，叫我打电话报警，我在那解释了半天。女儿说："爷爷，你的记性怎么这么差，我是我爸爸的女儿呀。"我父亲挠着头说："老了老了。"女儿又问："爷爷，我爸爸真的是你儿子吗？"我父亲说："是呀。"女儿奶声奶气地说："你怎么会有这种不顾家的儿子呢？他一个星期只回家几天，很多时候只有我和我妈在家。"

我这才意识到，自从父亲患上老年痴呆症后，我确实很少回家陪妻子和女儿。我对父亲说："要不你就去县城跟我们住吧，地里的果树不需要天天管理，一个星期回家看一次就行。"在这一点上，父亲没有听我的话，他说："房子长时间没人住就不是家了，我留在这住，你妈回来也有个落脚点。"强迫父亲进县城住，我想这应该能办到，但我不愿意这样做。那次强迫父亲闭嘴，对他造成极大的伤害，要不是高中同学提醒，我今生估计都不会察觉。我尽量两边平衡，回老家看一眼，觉得父亲一切正常，就又匆匆赶回县城。

晚上刚回到家，女儿吵着要我给她讲故事，说是老师布置的作业。第二天要再讲给其他小朋友听。我讨厌老师给家长安排工作，但我不会去得罪老师，怕自己的孩子受到影响。为了让女儿体会到幸福，我决定编一个反差很大的故事。

我说："从前有一个小男孩，他家住在农村，非常贫穷，而且他又不听话。有一次他犯错被爸爸打，爸爸的脾气暴躁，连妈妈也一起打，妈妈带着小男孩跑进树林里躲……"女儿问："是不是爷爷家的那片树林？"我突然有些哽咽，说："是的。"女儿接着问："树林里是不是有发光的长颈鹿？"我顺着女儿的意思，继续讲："躲到后半夜，发光的长颈鹿出现了，在小男孩的面前跳着舞。"女儿高兴起来："我以前就说爷爷家那片树林有长颈鹿，你们还不信。周末带我去爷爷家，我要去找长颈鹿。"我说："你要听话，如果不听话我就打你，让你妈带你去树林里躲。"女儿说："可以呀，那一定很美好，我要跟发光的长颈鹿跳舞。"

我洗好澡进卧室，妻子已经睡着，我躺到床上，又把她吵醒了。我便跟她商量二胎的事，说："我爸催咱们生个儿子。"妻子说："如果我不生呢？"我开玩笑道："那我就去找别人生。"妻子生气了，吼道："你去吧。"她翻过身去，接着说："我是用命生孩子的，你知道吗？生了第一个，都是我在带，你几乎都不管。再生第二个，我一个人忙得过来吗？你为我想过没有？"我抱住妻子，安慰道："亲爱的别生气，我没要求你生，我只是说说我爸的想法而已，老人有这种想法是很正常的。"

一直以来，父亲除了记忆减退，没出现过其他异常。我以为老年痴呆症也就是这样而已，做梦也没想到不久后父亲就严重起来了。那天我刚给隔离人员送了晚餐，突然接到村里人的电话，说我父亲坐在树林里哭，谁去问原因他都不答。今天晚上本来轮到我值班，可出了这事我必须得回家，只好厚着脸皮对搭档说："我爸患有老年痴呆症，今天走失了。要不你再坚持一晚上，我明天回来后连续值两天晚上。"他中午时打电话订了个蛋糕，说今天晚上是他儿子的生日，此时他思虑一番后对我说:"你去忙吧。"

回到家已有人等在院子里,我赶紧跟他们去树林。几个老人正连拉带推地把我父亲扶到树林边,他一看到我,"哇"地大哭起来,说:"你妈和你两个姐都丢下我,不知去哪了,我以为你也丢下我了。"我说:"怎么会?我这几天忙着上班。"我本来想背父亲,但他不要我背,很快情绪稳定下来,跟我们一起走着回家。老人们都在我家坐着,漫无边际地聊着。我拿出酒招待他们,昨天买的烤鸭还剩不少,加热后给他们当下酒菜。父亲感到很高兴,似乎忘记刚才的失态,加入聊天队伍中,也喝了半碗酒。他还想再喝,我怕出事便阻止了他。

这件事过后,村里人都知道我父亲患有老年痴呆症,我也不再隐瞒,还请他们留意我父亲的动向。我每天都要回家两趟,实在回不去的时候就打电话,听到父亲声音正常才放下心来。我把两个姐姐拉进一个群,把父亲的状况告知她们,说父亲的记忆越来越差,叫她们抽空回来看看,我担心父亲连她们都不认识了。她们又开始抱怨家庭琐事。大姐的女儿已经恋爱,男方打算带她去过门,大姐和大姐夫不同意,女儿就索性不回家了。二姐夫赌钱把车输掉了,二姐怕影响儿子高考,都不敢多说一声。最终大姐和二姐商定,等高考结束就回来看父亲。

妻子任教的中学为了抓教学质量,前两天通过家长会决定周末开始补课。我自己带女儿回老家,她一下车就朝我父亲跑去,开心地说:"爷爷爷爷,我来找长颈鹿了。"这次父亲似乎没有忘记孙女,但他的反应显得很僵硬。女儿死拽着我父亲,闹着要去树林找长颈鹿,父亲用眼神征求我的意见,我没有反对的意思,他便带我女儿去了。我怕他们途中摔倒,便也跟着去。夕阳正西下,祖孙俩走在前面,我给他们拍了几张背影照。树林里鸟雀啁啾、山泉叮咚,转一圈没有找到长颈鹿,却找到一朵可食用的蘑菇。我们的手臂被蚊子叮咬起了包,只得打道回府,女儿感到很遗憾。

归途中,女儿对我父亲说:"爷爷,我给你讲个故事。"我父亲牵着她的小手,说:"你讲吧。"女儿便讲起来:"从前有一个小男孩,他家住在农村,非常贫穷,而且他又不听话。有一次他犯错被爸爸打,爸爸的脾气暴躁,连妈妈也一起打,妈妈带着小男孩跑进树林里躲。"女儿回头指着树林,说:"就是这片树林。"我赶紧呵斥女儿:"不要转过来转过去的,走路要看着路。"女儿没理会我,继续说:"躲到后半夜,发光的长颈鹿出现了,在小男孩的面前跳着舞。"我父亲问:"后来呢?"女儿说:"后来,小男孩跟着长颈鹿去了很遥远的地方,过着幸福的生活。"最后一句是女儿自己编的。我父亲问:"小男孩不回来了吗?"女儿说:"不回来了,因为他害怕被爸爸打。"接下来,我们都没再说话,默默地回到家里。

高考结束的第二天，大姐和二姐回来看父亲，跟着回来的还有二姐夫和儿子，开的是大姐家那破旧的面包车。在我的意料之中，父亲已经把他们都忘了，我费好大劲才让他勉强相信眼前站着的是女儿女婿和外孙。父亲说："真的是你大姐和二姐吗？她们每个月都给我寄钱呀。"听说外孙已经参加高考，父亲马上拿出一千块钱给他，高兴地说："我们家又多了个大学生。"二姐的儿子推辞着，父亲的表情非常失落，我赶紧叫他收下。二姐夫始终是闯江湖的，虽然父亲记不住他，他也很快和父亲熟悉起来，聊得天花乱坠。吃饭的时候，父亲突然问："你妈怎么没跟你们回来？"我赶紧给父亲夹菜，转移话题。我看到二姐偷偷抹眼泪。

待了几个小时，他们还是回去了。父亲紧紧握住外孙的手，漫无边际地说这说那。母亲去世以来，这是父亲最高兴的一天，我们都不好阻止。最后他好不容易松手，又凑近车窗，冷不防地说："见到你妈就叫她回来。"我上前说："别再提我妈，她已经死了。"父亲没理会我，碎碎念般地叮嘱我大姐二姐，我把他往后拉，说："让他们回去吧，天就要黑了。"车开动时，二姐的儿子伸出头来，挥着手说："外公，我们走了，有时间再回来看你。"我父亲别扭地挥挥手，跟着车走几步。车加快了速度，父亲停下来目送，直到看不到后，他才转身回来。

最近我总觉得妻子怪怪的，起先我并没有在意，可慢慢地心里有种不祥的预感。趁妻子洗澡时，我翻看了她的微信聊天记录，发现她跟一个男老师暧昧。等她洗澡出来，我们就吵了起来，这是我们结婚以来吵得最激烈的一次，女儿被吓得大哭大叫。最后妻子说："我觉得我们应该分开冷静一下，你走还是我走？"我更加愤怒，说："这是我的家，我为什么要走？"她说："那我走。"她带女儿下楼打车回娘家，偌大的房子顿时空空荡荡。恋爱时我们爱得死去活来，当时她的父母嫌我长得矮，不同意，她以死相逼，非要嫁给我。我从没有防过妻子，做梦也没想到会有这么一天。我越想越烦躁，连夜开车回老家。

悲伤的事总是接踵而来，父亲就在这天晚上把我忘记了。我回到家父亲已经睡下，我开门时把他惊醒，他把我当成强盗，提着扁担对我说："年轻人，你好手好脚的，做什么不好，非要偷盗。"我说："爸，是我，我心里难过，所以回家来看看。"父亲似乎没听到，接着说："我儿子在县城上班，我一个电话就可以叫他把你送进派出所。"我心里难过，不想过多解释，便随口说道："我没有偷盗，我还被别人盗了呢。"他问："你被盗了什么？"我说："这是秘密。"父亲竟然问道："秘密在哪里？"我愣了片刻，说："在树林里。"说完转身往树林走去。

我坐在长满青苔的石头上,想象母亲把我抱在怀里,两个姐姐依偎在她身旁。我似乎听到母亲说:"这样的生活我已经过够了。"不顾我们三姐弟的哭泣,她起身去找到合适的树枝,拿出绳子捆成结,把脖子伸进去,吐出长长的舌头,说:"孩子,快跟着来吧,这里真的很美好。"蚊子的叮咬使我回过神来,一只萤火虫快速从我面前飞过。想到自己的生活过得一塌糊涂,在这夜晚的树林中,我忍不住地哭出声。

不知多久,我听到几声咳嗽,我听出是父亲。我擦掉眼泪,暗淡的手电筒光朝我移动过来。他问:"你在这哭什么?"没等我回答,他又说:"你一定是那个小男孩吧?"我说:"什么小男孩?"父亲说:"从前有一个小男孩,他家住在农村,非常贫穷,而且他又不听话。有一次他犯错被爸爸打,爸爸的脾气暴躁,连妈妈也一起打,妈妈带着小男孩跑进树林里躲……"我的眼泪又流出来,但我努力把哭声压住。最后父亲牵着我的手,说:"小男孩,我带你回家吧。"

无论我怎样努力,父亲都认不出我是他儿子,而把我当成故事中的小男孩。他经常问我:"小男孩,你跟长颈鹿在一起时,真的过得幸福吗?"心情好的时候,我总这样回答父亲:"是呀,每到晚上长颈鹿都会发光,然后我们就一起跳舞。"父亲的生活渐渐不能自理,我无意中发现他已好久没吃药。我心里非常乱,但懒得再管。有时候我做好饭喊父亲吃,他说:"我刚吃过呀。"有时候他又说:"我老婆孩子还没回家,等他们回家再一起吃。"父亲坐在院子里望着坡对面的路,等了很久,饭都凉了,我又催他吃饭。他声音哽咽,说:"以前我经常打老婆孩子,他们都跑了,再也不回来了。"

有一天我下班刚回到家,父亲就跑过来对我说:"我外孙考上大学了。"我想难道他还记得外孙?天黑后我给二姐开视频,让二姐和她儿子分别跟父亲说话,然而父亲还是没认出他们,断断续续地说着故事:"从前有一个小男孩……"工作、婚姻的不幸让我有了辞职的念头,我跟两个姐姐商量,说想辞职回老家照顾父亲,她们都说:"这怎么行,爸爸妈妈辛苦那么多年,就是为了让你有一份稳定的工作。你在村里请个人照顾吧,我们每人每月出三百块钱。"我斟酌一番,采纳了姐姐的意见,请邻居照顾我父亲,每月八百块钱,邻居也很乐意。

暑假将尽时,前妻跟学校那个男老师结婚了,我从她朋友圈看到的喜讯,不知是她忘记屏蔽我还是故意让我看到。他们结婚的那几天,我恰好都在休息,便把女儿接回老家。离婚似乎没对女儿造成影响,她依旧吵着要去找长颈鹿。吃过晚饭,我给女儿喷了花露水,带着她往树林走去。夕阳正西下、晚风直轻拂,女儿对着树林喊道:"今天晚上我们要找到发光的长颈鹿。"

我们在树林里转一圈,在长满青苔的石头上坐下。女儿依偎在我怀里,告诉我她妈妈和叔叔带她去游乐场玩,吃好吃的东西,去动物园看了长颈鹿……女儿说:"但那些长颈鹿不会发光,所以今天晚上我要在这里看发光的长颈鹿。"我听着听着眼泪流了出来,滴落在女儿的手臂上。女儿吃惊地问:"爸爸,你哭了?"我摇摇头,擦掉眼泪,女儿安静地看着我,像是陷入了沉思。天完全黑下来,女儿突然问:"爸爸,我好像想明白了,那个小男孩就是你。"我微笑着说:"是的。"

发光的长颈鹿未出现,女儿一直催问,我告诉她要耐心等候。怕蚊子叮咬女儿,我用带来的外衣遮住她的脸,说等长颈鹿出现再喊她看。许久后,女儿在我怀里睡着了,轻微地呼吸着。我觉得这是一生中最幸福的时刻。突然,女儿说起梦话:"爸爸你看,那些发光的长颈鹿,它们在跳舞。"我向远处望去,似乎看到一群发光的长颈鹿跳着舞,优美的舞姿令人陶醉。我抱着熟睡的女儿,小心翼翼地站起来,一步一步走过去。

秋 天 不 回 来

张霞背靠着法国梧桐，问我："梦想，用英语怎么说？"我老老实实地回答："dream。"她说："对。我的dream就是坐火车去见王强。"她的嘴角绽放出微笑，久久不散。我疑惑半天，问："王强是你的网恋男友吗？"她猛地笑出声，说："老土，连王强都不认识。人家是歌星，唱《秋天不回来》的。你听听。"我们安静下来，学校外面隐约传来歌声：就让秋风带走我的思念带走我的泪……张霞跟着哼唱两句，调走得有些厉害。我说："坐火车去追星，你也太疯狂了吧。"她说："这你不懂，每个人都应该有梦想。"

二〇〇七年初秋，天空无比蔚蓝。我透过树枝缝隙，望向年初建成的教学楼，这是县城最高的一栋楼。我就在这里读高三，我的梦想是考上清华或者北大。班上没有走体育方向的学生，体育课不受重视，老师让我们慢跑一圈，集合后强调几句就解散了。我带英汉词典到小树林里背单词，张霞不知何时跟了过来，跟我谈起梦想。她问："你的梦想是什么？"我不能告诉她，微微摇头。她撇嘴道:"秋天不回来。"转身走了。看着张霞消瘦的背影,我没想过有一天她会发胖。她真的太瘦了,瘦得让我觉得她不应该追星。

但不知从哪一天起,张霞的体重开始飙升。总之,到二〇一七年初秋,她胖得连李海都差点没认出。当时,李海提着一袋零食,走到超市停车场,隐约听见有人喊"李老师"。他睃巡一圈没见有熟人,便拉开车门坐进去,把零食放在副驾上。刚启动车,一个胖胖的女生跑过来,敲着车窗喊:"李老师。"李海打开车窗,疑惑地看着她。女生笑着说:"贵人多忘事呀,现在有工作,混得好,就记不住老同学了。"李海的大脑顿时快速运转,小学到大学同学的面孔不停闪现。有十秒钟的样子,他激动地喊道:"张霞。"

张霞说:"早些时候听说你在乐安镇教书,现在调到县城了?"李海摇头说:"没调,今天下午没课,过来办点事。"张霞说:"待会一起吃晚饭。"李海犹豫片刻,说:"今天有晚自习。"张霞说:"那加个微信,改天再聚。"加上微信后,张霞往超市走去。她肥胖的背影跨进大门,随即就走进李海的心里。他们已多年没联系,但李海偶尔会想起她,每次想起都是满满的遗憾。有那么一瞬间,他非常后悔,如果刚才找同事代课,就可以跟张霞吃饭了。可转念一想,她结婚已经八年多,应该早已拖儿带女。李海做一次深呼吸,慢慢恢复平静。

回学校的路上，李海想起李彩霞，那道题在脑海里转圈。他庆幸没跟张霞吃饭，否则答应学生的事就无法完成，他一向都很讲信用。下午三点过几分时，李海来到学校停车场，刚拉开车门，李彩霞便喊着"李老师"朝他跑来。原来是问一道物理题。李海接过试卷看完题目，意识到一时得不出答案，便说："我忙着去县城办点事，等上晚自习再给你讲。"其实他并没有事，只是在学校待闷了，想出来转一转。此刻李海想，得赶紧回到学校，在上晚自习之前，把那道题解出来。现在搜题软件很多，输入题目就能得出答案，但李海不允许自己这样做。

高三开学不久，张霞转入我们班，成为我的同桌。我们班是全校最差的一个班，班主任不固定学生的座位，跟谁坐、坐哪由学生自行决定。但大家都已形成习惯，同桌与位置大致都是固定的。班上总有学生旷课，老师几乎不点名，再说手机没普及，点名了也无法告知家长。我学习非常努力，成绩却不怎么样，同学们背地称我为怪才，很少有人愿意跟我同桌。有次被同学当面叫"怪才"，我发了很大的脾气，就更没人愿意跟我同桌了。偶尔有半天，全班同学都到齐，我才会有同桌。可张霞转过来后，我有了固定的同桌。我的自信心似乎增强了些。

自从张霞跟我说起王强后，我发现大街小巷都在放

《秋天不回来》。课间休息时，我对她说要学会唱这首歌，并鼓起勇气轻声哼唱几句，我认为我的音准比她的好。她向我竖起大拇指，说："我抄一份歌词给你。"下一节课上，张霞埋头抄歌词，连课本都没有拿出来。而我在认真听课，很快进入状态，没再注意她。简单的一道数学题，老师重复两遍，我还是半懂不懂，他便摇头叹气。下课后，张霞把一张纸放我桌上，我这才想起歌词，说："这么点字，你抄了一节课？"她说："早抄完了，看你听课太入迷，没忍心打扰你。"

高一时我住校，被室友影响到学习，跟父亲商量后，高二到校外租房住。出租屋楼下有一家理发店，经常放各种流行歌曲。中午和下午煮饭时，我特别留意店里飘来的歌声，若是《秋天不回来》，就拿出歌词跟着唱。三天的时间，便把这首歌唱熟了。课间休息时教室里闹哄哄的，我在座位上唱给张霞听，她很惊讶，对我说："你唱得简直跟王强一样。"我有些自豪。我不喜欢音乐，但估计遗传了父亲的音乐细胞。我年幼时，父亲总边干活边唱歌，还砍下竹子制成笛，在深夜吹起伤感的曲子。村里人都说我父亲疯了，沉默寡言的他从未辩解。

那天遇见张霞，李海激动一会，很快就平静了。可每当下晚自习回来时，教师宿舍空荡荡的，他心里面也空荡荡的。想起张霞的那句"改天再聚"，他打开微信，没有收到任何信息。他想给她发信息又不敢，怕惹出不必要的麻烦。这几天都这样纠结地过着，李海不禁嘲笑自己：学校有单身女老师你不敢去追，偏要惦记已婚的老同学，算什么知识分子、算什么男人。李海摇头叹气，坐在床上陷入伤感。熬到星期五下午，放学后学生都离校了，李海依旧没收到任何信息。他在停车场转一圈，决定回家看望父亲。

黄昏时回到家，父亲坐在屋檐下抽烟，一脸落寞地望着大边。李海提着熟食走近，问："爸，你煮饭没有？"父亲摇摇头，稍停片刻，说道："不知道你回来，我也不饿，就没煮。"李海没再多说什么，径直走入厨房忙起来。一节课的时间，一桌简单的晚餐就做好了，父子俩围桌坐下。父亲几口酒下肚后，突然说："他们骂我。"李海一惊，问："谁？"父亲说："村里的人。"李海问："骂你什么，你没有得罪他们吧？"父亲又喝一口，说："骂我没本事，老婆跑了，儿子不成器，连媳妇都找不到。"李海差点被噎住，不知如何回应。

饭后李海回到卧室，坐在紧闭的窗前，翻到母亲的电话，点击拨打又挂掉。就这样盯着屏幕，半个小时后手机锁屏，他才回过神来，到床上和衣躺下。李海失眠了。李海上二年级时的一天，母亲起早去赶场，天黑尽都没有回来，父亲带他沿路去找，连影子都没见。第二天又请人去找，还是没有找到，但听说母亲跟一个外地男人跑了。李海几乎哭了一整晚，父亲也没有哄他，烟一支接一支地抽。李海和母亲失联多年，上大学时母亲才联系上他，每个月给他一点生活费。工作后，他仍跟母亲保持联系，每年给她一点钱。这些，父亲都不知道。

第二天中午醒来，打开手机浏览，收到张霞的信息。是一个小时之前发来的，问李海在学校没有。李海赶紧回复，昨天回家了，但可以随时返校。不一会，张霞问：才睡醒吧？紧接着又说：真羡慕你能睡到自然醒。俩人很快聊得火热起来。原来张霞有个亲戚住学校附近，今天亲戚家办酒席，她过来送礼，以为李海在学校，准备叫他过去吃饭。李海说：你跟家人一起，我怎么好意思去。张霞说：我一个人来的。李海说：午饭已过，可以去吃晚饭吗？张霞说：我吃完午饭就回家了。李海甚是遗憾。闲聊一会，张霞又说"改天再聚"。

高三很少开班会，有重要事情需要通知，班主任上课时就花几分钟讲。但这天下午，班主任说要开班会，大家聚精会神地听着。班主任说到学习、努力、高考、人生，绕了大半天才转入正题，说隔壁两个班决定从本周起周末补课，适当收点费用，问我们想不想补。想着要考清华北大，我第一个举起手，屁股还稍微离开板凳。一只接一只的手举起来，最后全票通过，我们班决定从下周周末开始补课。只是想到要交补课费，父亲在烈日下弓着背的身影就出现在眼前。但我对自己说，考上清华或者北大，县里面奖励一万块钱。

刚开始大家都跟打了鸡血似的，两周后开始有人懈怠，毕竟一周上七天课，成绩中下等的同学受不了。还好，星期六晚上不上自习，同学们便用这个晚上来疯狂，有恋爱的、喝酒的、上网吧的。张霞是住校生，天天待在学校，估计待闷了，周六下午放学，她递给我一张纸条，就先快速离开教室。我悄悄展开看，上面写着：今晚想听你唱歌，天黑时在学校后门等你，不见不散。那时候学校不查宿舍，住校生可以随意外出。我的心狂跳起来，紧握纸条回到出租屋，幻想即将发生的一切。在等待天黑的过程中，我激动得忘记了吃饭。

房间慢慢变暗，我没有开灯，轻声唱两遍《秋天不回来》。我来到窗前照镜子，整理头发和衣服，做一次深呼吸后出了门。路上身体时不时发抖，但在学校后门见到张霞时，却完全平静下来。张霞说："去哪唱呢？"我还迟疑着，她又说："我们沿环城路走吧。"我们相距一步远，张霞走在我前面，速度有些快，我紧跟着。我说："今天的那道物理题，你听懂没有？"她说："我很久没听物理课了。"沉默片刻，我说："你还是先别追星了，等考上大学再追。"张霞回头看我，我们都停下来，她叹气一般地说："可是《秋天不回来》真的很好听呀。"

走到县城东边，那里有个凉亭，我们进去坐下。借着昏暗的路灯，看到几个啤酒瓶和不少烟头，我四处看看，确定没人。张霞说："唱吧。"我清清嗓子，唱道："初秋的天，冰冷的夜，回忆慢慢袭来……"她闭上眼睛，似乎沉浸在我的歌声里，我唱得更加动情。待我唱完，张霞说："你的歌声让我看到了王强。"我笑着说："那你别追星，直接追我好了。"她说："你再唱一遍。"我又唱起来，当唱到"想为你披件外衣，天凉要爱惜自己"时，张霞说了句"好冷"，身体稍微动了动，似要向我靠过来。待我唱完第二遍，她已泪流满面。

四个男生抽着烟、提着酒过来，发现我们在凉亭，便到不远处坐下。他们小声说着什么，然后放声大笑，不一会开始猜拳。我感到不自在。一阵风吹来，我说："我们回去吧，越来越冷了。"张霞说："是呀，秋天了。"没走多远，身后响起口哨，又是一阵大笑。张霞说："我总唱不好这首歌，你是怎么学的？"我说："听几遍就学会了，也许我有点儿天赋吧。"走到学校门口时，门卫准备锁门，张霞快速跑进去。门卫说："怎么现在才回来？"我目送张霞远去。门卫问："你还不进来？"我说："我没住校。"他把门锁上，说："不像样。"

又是好几天过去，没收到张霞的信息，李海犹豫许久，决定主动联系。很多时候张霞都秒回信息。李海有意无意中打听，得知她在娘家，再进一步询问，她则巧妙地转移话题。李海大胆约张霞吃饭，她很爽快就答应了。他打扮一番，开车去接张霞。她一上车就说："这么多年了,你几乎没有变。"李海说:"你也是。"张霞说:"你是在骂我吧?我胖得都不敢见人了。"李海赶紧说:"你不显老,跟高中时一样年轻。"张霞说:"现在当老师的都这么会夸人吗?"俩人笑了。很快来到县城边上的一家餐馆,他们在包厢里回忆起过去,都不住地感慨。

两个人的饭局,一个小时便接近尾声。俩人一时无话,似乎该说的都已说完。但其实李海有着千言万语,只是难以说出口。张霞的手机响了,她稍微起身,看样子是想出去接,但随即又坐下来接了。李海听到手机里传来:"妈妈。"他竟然有些失落。张霞说:"我正在吃饭。你吃饭了吗?那赶紧写作业。写完作业叫奶奶给你洗完澡就睡觉。"挂电话后,张霞说:"我儿子。"李海问:"读几年级?"张霞说:"一年级。"稍停又说:"不能陪在他身边,他每天一个电话。"她的表情很平静。李海咀嚼着这句话,不知说点什么。最后张霞说:"我们回去吧。"

送张霞回家的路上,李海开得很慢。他知道张霞的婚姻有问题,想问具体情况又不好开口。沉默一会,估计张霞猜出李海的心思,主动说道:"我去年离婚了。"李海不得不开口:"因为什么离的?"张霞说:"他赌博、网贷,欠很多钱,做一些违法的事。"她似叹气,接着说:"离婚不久,他就进去了。"李海问:"你有几个孩子?"张霞说:"就一个。他进去时,儿子才读大班。我在他家又住一年,今年儿子读一年级,我就回娘家了。"李海说:"怎么不带在身边?"张霞说:"他家不让。他的事有点严重,等出来都老了。他父母得把孙子留在身边。"

上了整整三十三天的课,这个周末终于放假休息,毕竟老师、学生都需要喘一口气。我用仅剩的五块钱坐班车回到家,父亲正在吃晚饭,吃的是素菜。一个多月没见,父亲似乎有些高兴,执意要炒两个菜。拗不过父亲,我只能跟着去厨房。父亲取下最后一块腊肉,说:"得烧水洗一下。"说着他开始生火,我坐在一边讲补课后的感受。父亲问:"你觉得你能考上大学吗?"我说:"没问题,我还想考北京的大学呢。"我忍住没把清华和北大说出来。我不知道自己哪来的勇气,很多数学题我都搞不懂,不少英语题也只能靠猜。

父亲捡一根柴放进火炉,接着又捡起一根,紧接着又是一根。我注意到三根都是竹子,再仔细看,还有孔洞,是在父亲卧室里挂了多年的竹笛。父亲制作过很多竹笛,其他的都先后扔掉,这三支是他最珍视的。我曾经拿一支去学校向同学炫耀,被父亲呵斥一顿。而现在,父亲这样平静地烧掉,这是为何。我说:"爸,你怎么把笛子烧了,以后你不吹了?"父亲说:"你一直没发现吗,我多年前就没吹了。今天看到已经有蛀虫,就拿来烧掉吧。留着也没用了。"我确实多年没听到父亲吹笛，一时说不出话来，远去的画面纷纷从心里浮起。

那个满天毛毛雨的午后，戴着草帽、两脚泥巴的父亲从地里回来，举起一截竹子对我说："这里面藏有音乐。"我半信半疑，他笑着说："等一等，我让音乐冒出来。"父亲翻出一截钢筋烧红，在竹身烙出孔，放到嘴角吹出几个音，我惊讶不已。很多个月明星稀的晚上，父子俩坐在院子里，父亲吹笛、我看星星。有一次，我指着夜空说："爸爸，那些星星会眨眼睛。"父亲小声说："别说话，爸爸心里难受。"他吹响一支曲子，旋律低沉婉转。我静静听着，不知过了多久，哭出声来。父亲停下来，问："你怎么了？"我说："我想我妈……"

直到父亲炒好菜，我才醒悟过来。父亲给我舀饭，说："快吃吧，你在县城难得吃上一顿好的。"他则坐在一边抽烟。我问："你不吃？"他说："刚才已经吃饱了。"我机械般地端起碗，夹起一片腊肉，眼角不禁湿润起来。父亲说："村里一直有人说闲话，都认为你考不上大学，说你明年毕业就得出去打工。你一定要努力，争取考上大学，给我争点面子。"我点点头，不敢说话，怕声音是哽咽的。父亲又说："为了让你读书，这些年我过得人不人鬼不鬼的，等你考上大学，我再苦四年后，就再也不做这么多重活了。"

星期天的晚自习，李彩霞没到学校。李海打她家长的电话，已停机。向学生询问情况，都说不知道。过一会，有个害羞的男生说："今天中午，她发了一条朋友圈，说不读书了。"有个女生问："你怎么会有她的微信？"稍停又笑着说："原来藏得这么深，真看不出呀，她不读书是不是跟你有关？"全班同学大笑。李海吼道："安静下来，上周五发的试卷写完了吗？我马上要检查。"李彩霞辍学也好，她不是省油的灯，好几个晚上翻围墙出去，第二天带着满脖子的"草莓"返校。通知家长来学校教育也没效果，有时家长连电话都懒得接。

李彩霞超过三天未到校，李海把辍学情况说明写好，交给教务主任。主任看一眼，说："你这不行，要去家里劝返，拍几张照片保留工作痕迹。"李海认为主任为难他，不高兴地说："以前不都是这样做的吗？"主任说："现在跟以前不同，很多东西都变了，就比如辍学不能叫辍学，只能叫无故旷课。"李海问："我一个人去吗？应该由学校安排。"主任说："可以叫班上的老师跟你一起去，这是学校赋予班主任的权利。"接着又说："当班主任就辛苦点，学校不会忘记你的。再说以后学生都只记得班主任，根本不知道什么校长、教务主任。"

李海先后找了语、数、英老师，他们都说没必要去劝返。语文老师说："那女生跟社会青年谈恋爱，你劝她回学校，她翻墙出去把肚子搞大，家长要来找你负责。"数学老师说："其他班也有辍学生，都没去劝返，你怕什么？"英语老师说："这样的学生，劝回来也学不进去，还会影响到班级成绩。检查没那么严的，等上面要来检查时再说吧。"开会时校长常说，如果工作没干好被查到，自己去跟检查组解释。李海一向都胆小，本想一个人去劝返，但连照片都无法拍。他想到张霞，问是否愿意帮忙。张霞说："你来接我吧，恰好我在家里待闷了。"

山路弯来拐去，从山脚爬到山顶，又下到山脚，李海开得心惊胆战。问了几次路，终于到达李彩霞家，只有老爷爷在家。老爷爷说："她父母闹离婚，上个月出去打工了，一个去广东、一个去浙江，我一个人管她三姐弟，管不了。"李海说："你打电话叫她回家，我们劝劝。"打了几个电话才打通，等了将近一个小时李彩霞终于回来，是个黄毛小伙骑摩托车带回的。李海说："你还问过我几次题目，我觉得你挺努力的，怎么突然就不想读书了？"李彩霞说："其实那是无聊瞎问的，我什么都听不懂。"无论李海怎么劝，她都坚持不返校。

张霞拍几张照片后，坐下来问："你的小名叫彩霞？"李彩霞点点头。张霞说："我小名也叫彩霞。小学时就叫张彩霞，初中后改为张霞。我们的名字很好听。"李彩霞无声笑笑。张霞问："你是不是谈恋爱了？"李彩霞轻声说："没有。"张霞说："瞒不过我的眼睛，你绝对谈恋爱了。我以过来人的身份告诉你，你会后悔的。"

李彩霞不说话。张霞继续说:"你现在还小,都是一时冲动,如果结婚生个孩子,过几年你长大了,觉得俩人不合适,离婚,那样的日子不好过……"张霞从各方面讲道理,李彩霞似乎听进去一点,说哪天想好了就回学校。

周末补课进行到两个月,只剩二十来个学生在坚持。老师们觉得补下去没意思,班主任宣布道:"虽然很遗憾,但不得不取消。"最感到遗憾的应该是我,似乎清华北大又远离我一步。我想跟张霞诉说苦闷,而她正在为梦想规划行程,问我:"这个周末有空吗?"我说:"你又想听《秋天不回来》?"她说:"是的,但不是听你唱,明天你送我去市里坐火车,我要去演唱会现场听王强唱。"我没想到张霞来真的,说:"你知道王强在哪开演唱会吗?"她说:"废话。下周一在广州开。"我看着她,严肃地问:"你真要去?"她郑重地答:"真要去。"

权衡许久,我决定送张霞,毕竟高中三年,只有她勉强算是我的朋友。当天晚上,我们去网吧查怎样坐公交车、火车,张霞认真地记在笔记本上。把流程搞清楚后,张霞搜索出王强的照片,对我说:"如果你跟王强一样帅就好了。"我说:"那样的话,你就不用去广州了。"她说:"不,还是要去。你只是翻唱,王强是原创。"上网结束,我说送她回学校,她说:"现在不晚,我自己回,你快回去休息,明天起早。"第二天早上,我们在县城客车站见面,在一家米粉店吃早餐,然后买去市里的客车票。我囊中羞涩,假装抢着付钱,最后都是张霞付的。

很顺利到达火车站,买票时却遇到阻拦。张霞说买一张去广州的火车票,估计售票员看我们个子小,且打扮得土里土气的,问:"你去广州干吗?"一旁的我说:"去看演唱会。"张霞转头看我一眼,意思叫我别多话。售票员一脸惊讶,说:"看演唱会要提前买票,你买好了吗?"张霞小声说:"到了再买。"售票员说:"你以为像火车票,可以随时买?等你到那,票早就卖光了。你们的父母不知道吧?听我一句劝,现在赶紧回家。"身后排队的人纷纷说:"外面很乱,你们不怕?现在的孩子真叛逆,没救了……"我感到很丢脸,和张霞逃离了火车站。

商量一番,张霞决定放弃去广州。我们在市里胡乱地逛,我担心迷路,随时注意周围的建筑物。张霞买了一件外衣,说就当是在广州买的。最后,我们坐公交车到客车站,坐最后一班客车回县城。张霞一路无话,跟来时相比,换了一个人似的。天快黑时回到县城,张霞说:"我们去餐馆吃饭吧,我请客。"今天的开销都是张霞在出,我问:"你还剩多少钱?"她说:"还多。我攒了半年的钱,又跟以前的同学借了点。"我说:"你留着明天还给他们吧,现在去我的住处煮饭吃。"张霞表示同意。在煮饭、炒菜的过程中，她稍微开心起来。

吃过饭，张霞让我唱《秋天不回来》。怕影响到隔壁，我们关紧门窗，一遍一遍地唱。不知唱了多少遍，张霞流泪了。我们紧紧拥抱在一起，我的心加速跳着。纠结很久，我决定亲吻张霞。触碰到她的嘴唇时，她醒悟过来一般，一把推开我。我坐在床上，张霞坐在桌前，尴尬持续了几分钟，她说："刚才我像是在做梦。"我说："我也像是在做梦。"她说："我没有那方面的意思，我只是心里面有点难受。"我说："我理解。等我们考上大学，我再陪你去看王强的演唱会。"她笑起来，说："一言为定。"我点点头。

同母异父的妹妹发信息来，说母亲突然生病，她在外省打工一时回不来，让李海先去看看，如果严重她就赶回来。妹妹去年结婚，李海去参加婚礼，见到二十来年没见的母亲。母子俩没像电视里那样抱头痛哭，倒是母亲流几滴眼泪，而他却异常平静。那个外地男人身体不好，拄着拐杖走来走去，还跟别人喝酒。妹妹结婚不久，外地男人去世。母亲的苦日子开始了，继子从不给她好脸色。前不久母亲打电话向李海诉说，李海说："这是你自己选择的。"母亲嘤嘤地哭起来。此后她没再给李海打电话，现在生病都通过妹妹来传话。

开两个多小时的车才到。房间里堆满各种物什，母亲躺在脏兮兮的床上，说："你烧点水给我吃药，早上我是用冷水吃的。"李海问："没人照顾你吗？"母亲说："他们一家三口不知去哪了，昨天就没回家。"李海说："那你为什么不给我打电话？"母亲擦擦眼泪，没有回答。送母亲到医院，经过一番检查，医生说需要住院。李海给校长打电话，请了两天假。晚上，妹妹打电话来，母亲说："你哥已经送我到医院，你们不用回来了。"妹妹问是哪个哥。母亲说："李海。你另一个哥会送我吗？虽然不是亲生的，但我把他养那么大，现在他却想赶我走。"

输液、输血，母亲慢慢恢复。谈起自己的命运，她流着泪说："我这一生命苦呀。跟你爸，你爸没本事，经常被人欺负到头上，我实在过不下去。过来呢，也好不到哪去，过了这么多年苦日子，现在还被继子嫌弃，连家都没有了。"李海想起年幼时的生活，鼻子发酸、眼角湿润，终于忍不住，哽咽着说："当初你去赶场就悄悄跑了，你想过我没有？"母亲说："我每时每刻都在想你，但我有什么办法？当时我被迷药迷住，一心只想离开你爸。如果我回家接你，就没办法走了。你要理解我。"李海没再回应，他不知道自己能不能理解母亲。

我和张霞成为好朋友，她每周都会来我的出租屋，我们一起煮饭吃、唱歌，没再发生上次那样的事。时间过得很快，高中马上就要毕业，其他班都在为高考作最后冲刺，我们班却在举行毕业晚会。同学们陆续上台，唱一首或者说几句。好几次我想冲上台，唱最拿手的那首歌，可我担心不受同学们欢迎，始终不敢迈出步。张霞是倒数第二个上台的，她说："我给大家唱一首我最喜欢的歌，王强的《秋天不回来》。"大家欢呼。她跟随伴奏唱起来，副歌时唱不上去，自己降了调。掌声、呐喊声、嘘声不断。

唱完第一部分，张霞关掉伴奏，说："这首歌我唱得不好，我们班有个同学唱得非常好，简直跟原唱一模一样，大家请他上来唱一段吧。"有同学问："是谁？"张霞喊我的名字。所有人沉默片刻，然后欢呼起来。在他们的催促中，我上台接过话筒，张霞为我播放伴奏，在我耳边说："今天晚上，你就是王强。"我调整好状态，跟随音乐唱起来，我的音很平稳。"就让秋风带走我的思念带走我的泪，我还一直静静守候在相约的地点……"张霞捧着一束花跑上台，底下的同学起哄："抱一个，抱一个。"

高考成绩下来，我只高出专科线二十分，没有考上清华北大。张霞说："恭喜你考上大学。"我说："你要补习吗？"她说："没必要。"我说："可是，我们说好的，考上大学后，我陪你去看王强的演唱会。"张霞笑着说："毕业晚会时，我已经看过，一辈子忘不了。"八月中旬，我终于收到大学录取通知书。村里又有人说闲话："专科算什么大学，毕业就是进厂而已。"我一点也不难过,请张霞去餐馆吃饭,共同分享喜悦。她问:"你上大学后,我们还会联系吗?"我说:"当然会,我们要联系一辈子。"她指着我,笑着说:"不许骗人。"

李彩霞突然回学校了。上午第四节,李海上物理课,她的座位还空着,下午第一节,李海上音乐课,她则坐在座位上。李海问:"你想好了?"她大大咧咧地说:"想好了。李老师,那天和你一起去我家的那位张老师,是不是你的女朋友?"好些学生笑着说:"老师,我们要吃喜糖。"李海说:"安静安静,那是工作搭档,别乱说。这节课,我们继续讲课本上的习题。"九年级的音乐、美术,都安排给考试科目的老师,让他们多讲点习题。李彩霞说:"老师,天天讲题目,大家都累了,今天就上一节音乐课吧。"其他学生纷纷附和。

李海正好也不想讲课,但他故意对李彩霞说:"你旷课这么长时间,刚回来就喊着要上音乐课。"李彩霞说:"这节你上音乐课,以后我就不旷课了。"李海说:"一言为定。"李彩霞点点头。李海说:"可是音乐课该怎么上呢?"学生们商量好的一般,都说:"老师,你唱一首歌,唱你们那个年代的歌。"什么声音萦绕在耳边,越来越清晰。李海一时不能自已,开口唱起来,学生们顿时安静下来。稍过片刻,在李彩霞的带头下,大家有节奏地拍手,当作伴奏。李海唱得更认真:"就让秋风带走我的思念带走我的泪,我还一直静静守候在相约的地点。"

唱完最后一个音,雷鸣般的掌声响起,持续将近半分钟,李海几次示意安静,学生才停下来。文艺委员说:"老师,你深藏不露呀,唱得这么好。"李彩霞说:"这首歌里应该有老师的故事,所以老师唱得好。"文艺委员一脸认真,说:"老师,可以讲讲你的故事吗?"李海做一次深呼吸,说:"故事都在歌声里。这样吧,同学们也来唱几首,就从文艺委员开始……"这是李海上得最成功的一节课,所有学生都融入课堂,不像平时那样睡觉的一大堆。可李彩霞还是走了。晚自习时她的座位又空着,室友说她已搬行李离校。

我进入大学后,空闲时间多起来。张霞已经去广州,在一家鞋厂上班。我们很快形成习惯,周五和周六的晚上,在网上聊一两个小时。半个学期后,张霞告诉我她交男友了,是外省的。我竟然有些失落,叮嘱她一定要考虑好,她说:"考虑好了。"这以后我很少去网吧,和张霞的联系慢慢减少,直至不再联系。我期末考试结束,张霞突然结婚了。我去网吧刚登上QQ,高中班级群里有一条信息,是张霞三天前发的,邀请大家去吃喜酒,竟然没有同学回复。我看婚礼时间,恰好是今天。我想给她发祝福,但打好字又删掉,最终什么也没发。

第二个学期,在同学的帮助下,我找到一份家教,给一个七年级男生辅导数学。辅导一个月,我用工资买了个手机，感觉很新奇，通过QQ把电话号码告诉好友，说有事就打这个电话，唯独没有告诉张霞。过不久，我接到一个陌生电话："你是李海吗?"我说是的。对方激动起来，问："你真的是李海?"我不耐烦地说是的。对方说："李海，我是你妈，从你表哥那里得到的电话，我还以为这辈子联系不上你了……"手机里传来哭声，我一时不知怎么办。最后，母亲说："你要好好读书，把银行卡号发给我，我给你打点生活费。"

大三那年，我像高三时那样努力，很顺利升上本科。大学毕业，遇上特岗教师扩招，我轻而易举考上，到隔壁镇的中学任教。工作两年后，我取得驾照，买了一辆四万块钱的车。我以为父亲终于可以抬起头，谁知村里人眼光挑剔，说："现在教师工资低，找媳妇很难。"又说："李海小时候说话就脸红，现在估计不敢跟女老师说话。"还说："遗传了他爹，在找老婆方面没有出息。"我想堵住这些人的嘴，便追求一个女同事，她认为我的性格怪异，没有答应，过不久她就结婚了。我留下阴影，将近两年才走出来。这以后，学校新进的单身女老师，我不敢再追求。

张霞知道我没谈过恋爱，很惊讶，说："你很适合过日子，怎么可能找不到对象?"我笑着说："如果我找你，你会同意吗?"她说："别开玩笑，我配不上你。你是不是心里住着某个人，一直在等。"我说："是的，有一首歌这样唱,我还一直静静守候在相约的地点。"张霞说:"你这嘴能说会道,再加上优美的歌声,应该能吸引不少女老师。"我说:"我几乎不唱歌,更不会在同事面前唱,而且很少跟女老师说话。"张霞笑着说:"只在我面前唱,是吧?"我点头说是的。她说:"你就净跟我贫嘴。这样吧,今晚请你去KTV,唱给我听。"

我对着话筒说:"漂亮的张女士,请点歌。"她喊道:"《秋天不回来》。好好唱,评分九十,送果盘。"我微微一笑,酝酿好情绪,唱起来:"初秋的天,冰冷的夜,回忆慢慢袭来。真心的爱,就像落叶,为何却要分开……"每句的评分都在九十以上。唱完后总评分九十五,张霞按暂停,叫服务员进来看,很快送来一个果盘。我们喝了很多酒,都已有醉意,张霞趴在沙发上。我说:"打车送你回家?"她说:"我喝成这样,敢回家吗?"我扶她到酒店开房,说:"我回去了,明天再来接你。"她说:"我喝醉了,你丢下我就走。李海,你算不算男人?"

几天后我带张霞回家。父亲很高兴,忙着去煮饭,张霞说:"叔,你休息,让我来吧。"忙碌多年的父亲,这一刻突然闲下来,闲得不知所措。他坐在屋檐下抽烟,突然想起什么似的,提着镰刀往竹林走去。张霞问:"你妈呢?"我撒谎道:"有事去亲戚家了。"很快父亲带回几截竹子,选一截最好的将两端削平,标记好孔的位置，用烧红的钢筋烙出孔，再慢慢修整好。饭菜上桌，父亲还在忙。张霞凑过去问："叔，这是做笛子吗？"父亲只是点点头，他不擅长跟人交流。张霞问我："你会吹吗？"我说："以前没学过。"她笑着说："现在学也不晚。"

饭后，我们坐在院子里，看染红天边的夕阳。父亲拿出竹笛试音，稍后吹起一支曲子，我从没听过这支曲子。估计邻居听到笛声，感到好奇，从二楼阳台探出头，惊讶地问："李海，带女朋友回家了？"我笑着说："是的。"他说："什么时候结婚？村里一年没吃喜酒了。"我说："快了。"父亲的眼神很自豪，笛吹得更卖力。欢快的旋律像是波纹，一圈一圈扩大，最后包围住整个村寨，向村里人传递我们家的喜悦。晚归的鸟路过，竟停在旁边的枣树上，久久不愿离去。本已下山的太阳，忽地又爬上山顶，微红着脸望向我们。

天终究还是黑了，我送张霞回家。借着路灯的光，我从后视镜看到父亲，他举着竹笛目送我们，好像还挥挥手。车子缓缓前行，稍停片刻，隐约传来笛声。张霞说："我终于明白，你唱歌好听，是因为遗传了你爸。"我笑笑。她说："可是你这一走，你爸的笛声都显得孤独了。"我说："我爸孤独很多年了。"犹豫一会，我说起我家的故事，张霞安静地听着。听完后，她说："怪不得我总觉得，你跟别人不太一样，有时行为、语言有些怪异，原来是家庭原因造成的。"我说："童年的不幸，要用一生去自愈。"张霞说："没事，有我陪你。"

一个月后，张霞测出怀孕，问我："怎么办?"我说："结婚。"她说："李海，这是一辈子的事，你别后悔。"我说："永不后悔。"我拥抱张霞，她在我怀里流泪，幸福地：" 注定在一起的人，最终还是要在一起的。"我笑着问："要交彩礼钱吗?"她说："当然要交。"我说："交多少?"她说："商品房的首付多少，就交多少，结婚后我们去县城买一套房。"双方家长见面，他们都说没意见，听孩子的。请人看日子，婚期定在元旦节。父亲粉刷房间、清理院子，每天晚饭后吹一支曲子。村里人对他说："老李，这回你真享福了。"

我和张霞忙着准备婚礼，突然接到母亲的电话，她哭着说："他们天天骂我，我实在过不下去了……"接完电话，我做着深呼吸，一时无法平静。张霞说："要不这样，咱们把妈接回来住。"我没有回应。张霞问："你接受不了吗?"我摇摇头，说："我是怕我爸接受不了。"她说："咱们先问爸的意见，我不是怀孕了吗? 就说要妈回来照顾我。"周末我回家，向父亲说明具体情况。父亲不答，一支接一支地抽着烟，我也就没再多说。第二天早上，父亲问："你没去接你妈?"我说："我等你的意见。"他沉默片刻，说："那你就去接吧。"说完忙什么去了。

给母亲打电话，她听说可以过来照顾怀孕的儿媳妇，开心得不得了。我和张霞赶到时，母亲正被数落，他们嫌母亲炒的菜不好吃。我上前吼道："虽然不是你亲妈，你也是她养大的吧，怎么这么没良心？"他们夫妻俩朝我围过来，指着我吼："你有良心，那为什么连亲妈都不管？还好意思指手画脚。"张霞过来拉住我，劝我们别吵，让外人笑话。我气还没消，直盯着他们，说："我马上就把妈接走，以后不会踏进这里半步。"把行李搬进后备厢，母亲上车时，她的孙女跑来，问："奶奶，你还会回来吗？"我母亲抱抱她，说："等你想奶奶了，奶奶就回来。"

我们在县城买了很多食材，回家做出一桌丰盛的晚餐。相隔将近二十年，我和父母再次团聚，有种难以言说的感受。父亲不说话，只顾喝酒、吃菜，张霞跟母亲说着话，不时笑出声。饭后，母亲让张霞休息，她自己洗碗筷。父亲抽完一支烟，拿出竹笛来吹。月明星稀，我觉得像我年幼时的夜晚，忽而又觉得不像。张霞说："李海，你唱《秋天不回来》，让爸吹笛伴奏，怎么样？"我笑着看父亲。父亲说："好呀。"我开口唱道："初秋的天，冰冷的夜，回忆慢慢袭来……"父亲跟随我的歌声，吹响竹笛。母亲已收拾完毕，和张霞坐在一起，笑着看我们。

拐 杖

上个星期四中午,刚入睡的陈川被电话吵醒,他翻身拿起手机。屏幕显示一个陌生号码,陈川犹豫几秒钟,接了。"陈老师,没有打扰到你吧?"手机里传来沙哑的声音。陈川瞬间完全清醒,意识到是他以前的领导——刘基波校长。远去的记忆杂乱地涌起,陈川一时不知如何回答,"打扰"或"没打扰"好像都不合适,顿了片刻故意问道:"你好,你哪位?"刘基波开始作自我介绍,说已调到县高中搞教务工作,晚上想邀请陈川吃饭,不知是否赏脸。陈川习惯性做一次深呼吸,稍微缓过来,略带冷漠地说:"吃饭就免了,有什么事吗?"刘基波说倒是有点事情,但在饭桌上谈最合适。无论曾经的领导怎么热情,陈川都没有"赏脸"。最后刘基波只好在电话里把事情说了,教育局对高三学生近期的考试成绩进行分析,发现百分之六十的学生作文分数都不理想,经过校务会商量,想请陈川给学生做一场关于写作的讲座。陈川犹豫着,本想一口拒绝,但刘基波补充说有报酬。陈川继续犹豫着,少顷后答应下来,似乎是因为"报酬"。

陈川缺钱。这三年来他都是靠写作为生,平均月收入将近三千块钱,好在他目前单身,省吃俭用勉强能撑过去。陈川的创作一直没有任何名气,出书卖书是不可能的,只能靠在刊物发表作品获取稿费。但是纯文学刊物就这么几家,写作者群体又是那么庞大,陈川一年也就发表五篇左右。为了生活,他不得不接一些活,比如为某单位写歌功颂德的报告文学,或者受隔壁县邀请去做讲座,有时候甚至为别人当枪手,只要与文学有关,只要他应付得了,他都会答应下来。这几天陈川都在思考刘基波的这个活,列出几个主题又一一否定。讲深了学生听不懂,讲浅了会被认为没水平,他始终不知要讲什么内容。

父亲突然打电话来,中断了陈川的思路。他和父亲很少通话,几乎每次通话都是有事。用了五年的手机过于陈旧,偶尔会很卡,滑动几次屏幕才接听成功。父亲开口就叫他晚上回家一趟,说想和他商量点事。他眼前立即浮现出一张憔悴的脸。问父亲身体好不好,父亲说没多大问题,就是脚经常痛。父亲的脚有风湿,疼痛已伴随他二十来年,吃过不少中药西药都不见效果,后来就索性不管了。陈川说:"我给你买几盒风湿止痛膏,预计晚上七点钟到家。"挂断电话后,陈川做一次深呼吸,巡睃书柜上的书,陷入沉思。父亲想和他商量什么，难道催他结婚，或者催他再参加招聘考试？可记忆里父亲半年多没过问他的婚姻和工作了，似乎已经能接受他目前的状态。刚才本想问父亲是什么事，但思虑一番还是决定不问，父亲的性格就那样，愿意说时会主动说，不愿说问了也没用。

陈川一向都很守时，回到家将近七点钟。父亲在饭桌前慢慢喝酒，桌上摆着鸡肉和辣椒蘸料。陈川把药和水果放电视柜上，父亲埋怨他花钱买这些东西。已经进入秋天，在傍晚骑一个小时的摩托车，全身都有些发僵，陈川喝一碗鸡汤才恢复。闲谈几句，父亲喝完一碗酒，冷不防地问："你妈过世多少年了？"陈川突然愣住，看父亲一眼，在心里算一下，说："今年是第九年。"父亲倒半碗酒，端起来抿一口。陈川发现父亲一直没吃鸡肉，便说："你吃点菜，别光喝酒。"父亲端着酒点点头，眼光落在墙脚某处，似在合计事情。好一会才放下碗，夹一块鸡肉吃，边嚼边说："最近我梦到你妈三次，每次她都说不想在那个地方，问我能不能带她走。"陈川微张着嘴，一时说不出话。父亲继续说："所以我想和你商量，看能不能把你妈的坟迁过来。"陈川说："迁过来？"父亲说："是的，后山的那块地，我觉得是块好地。"父亲又端起碗抿一口。陈川说："这不好吧，那边肯定不同意，就算那边同意，我们迁过来，村里人肯定会讲闲话。"

那场雨又在脑海里下起来，是南方冬天常见的毛毛雨，已经过去这么多年，每年仍在陈川的脑海中下一两次。还在坐月子的母亲抱着女儿，和儿子陈川守在火堆旁，头发湿透的父亲推门进来，一屁股坐在草凳上，说："商量好了，按土地多少来凑钱，我得出三百块。"当时的陈川才六岁，但已体会到贫穷，低着头沉默着，想抬头看父亲又不敢。爷爷过世，他的四个儿子凑钱安埋，而陈川的父亲身上只有一百五十块钱，眼下家里没什么可卖的。母亲埋怨一般地说："偏偏挑这个时候死。"父亲一声不响地看着火堆，待火势渐小往里加两根柴。许久后母亲说："你去守夜吧，明天早上回家来，拿我的银饰去镇上卖。"父亲说："我今晚不回去了，我已经跟他们说我去借钱。"母亲问："去哪借？"父亲没回答。家里再次安静，外面的雨好像大起来，敲在磨石上的声音清晰可闻。不知过了多久，突然有人敲门，喊父亲的名字。父亲似醒悟过来，赶紧起身去开门，是一个多年没见的老友，说赌钱归来路过这里，想借宿一晚。父亲取出酒招待，听出老友今晚赢了点，便开口借两百块钱，老友犹豫一会答应下来。

多年后父亲悟出一个道理，他曾在酒后对陈川说：好事也许会引出坏事。爷爷安埋不久后，父亲为尽早还上老友的钱，竟然悄悄去镇上赌博，并且迷上了。一次赌博跟人闹矛盾，争吵中无意伸手一推，把人从三楼推掉下去死了。结果在三个月后出来，白纸黑字写得清清楚楚，父亲被判六年。母亲每天以泪洗面，下地做活，父亲的老友却在这时上门要债。母亲愿意把部分银饰抵给他，他却表示不着急，说银饰留给女儿当嫁妆，等有钱了再还。半个月后他又来了，依旧重复上次的情形。陈川从别人的口中知道父亲的这个老友是光棍，想趁虚打母亲的主意。他来去愈加频繁，有时还给陈川带一袋糖，喜欢温柔地摸陈川的头，跟"冷漠"的父亲简直天差地别，陈川居然慢慢喜欢上他，总盼望着他到来。一年后，陈川和妹妹跟母亲搬家了，搬进父亲的这个老友家，因为他承诺让七岁的陈川进校读书。

陈川二年级时，母亲生下个儿子，但继父对陈川的爱依旧未减。父亲出狱不久，前来接陈川，可他早已习惯这边，不愿回去跟父亲生活。但最终拗不过现实，还是回去了，妹妹则留在母亲身边。父亲似乎更加"冷漠"，几乎没在陈川面前笑过。陈川越发内向。此前陈川的成绩不怎么样，晚上父子俩待在狭小的屋里不说话，为避免尴尬陈川便读书、写作业，一个学期下来成绩竟上升不少。从此陈川爱上学习，把对母亲的想念写进作文，常受到语文老师的表扬。陈川大一那年母亲病逝，葬礼结束后他才收到妹妹的信息，眼睛在无声的哭泣中模糊，最终还是没有责问妹妹为何不早告诉他。假期去父亲打工的地方，陈川找个合适的机会对父亲说：

"我妈不在了,生病死的。"当时父亲愣一下,随即"嗯"一声,忙其他事情去了,陈川也没再说什么。父亲一直没再娶,在家干几年农活挣不了钱,就一直待在外面搞工地,直到陈川参加工作才回家养老。

这么多年他们培养出默契,父亲不提前妻、陈川不提母亲,就像她从未存在过。但现在父亲竟想为她迁坟,也许人越老就越相信梦吧。陈川认为这事显得滑稽,等于给村里人增添笑料,竭力劝父亲放弃此念头。父亲的性格还是那样,再加上喝酒的缘故,斥责陈川:"不管怎样,我和你妈也曾夫妻一场,她为我生下你和你妹。当初她为了能让你进校读书,才选择那样的,我早就不恨她了。现在你读书成才,叫你为你妈迁坟,你竟然不愿意。"陈川始终无法说服父亲,他没想到平时不怎么开口的父亲现在说起话来一套接一套。父亲又说:"你看看你现在,工作没了、家也没成,我想这是因为你妈埋错了地,所以必须得迁坟。你还怕别人笑?我辛辛苦苦让你读完大学,可你却偏把工作丢掉,这三年来别人笑我都已经笑够了。"父子俩争得面红耳赤,最后陈川假装让步。他和父亲达成协议,由他先去探口风。

陈川连夜骑车回县城。路上心时不时一阵绞痛,回到出租屋才平静下来。出租屋坐落在山腰,凭窗可望见整个县城,而且价格极为便宜。这是一栋三层的自建房，房东使用一楼和二楼，三楼的四间房均向外出租，但目前还空着两间。隔壁住着一对二十来岁的情侣，陈川上下楼梯碰见他们几次，但从来没有说过话。此刻他们应该还没回来，三楼显得静悄悄的。陈川一时没睡意，躺在床上东想西想，决定明天为母亲上坟。随即他给妹妹发信息，表明此意并叫她同去，说顺便商量点事。妹妹十七岁结的婚，现在孩子已上幼儿园，妹夫这几年搞装修，妹妹跟着打下手。同母异父的弟弟去年也结了婚，小两口本来在外打工，但前不久弟弟的父亲摔伤腿，他们只得回家照顾，偶尔拉水果走村串寨卖。陈川和妹妹、弟弟几乎不联系，仅通过微信朋友圈关注他们的生活。不知妹妹没睡还是刚被吵醒，很快回复陈川，说明天起早联系。

隔壁情侣回来了，他们似乎很开心，一直谈论着什么，偶尔发出笑声。房间的隔音极差，但他们压低声音，陈川仔细听也听不清，便关灯酝酿睡眠。快要睡着时，隔壁传来亲热的动静，陈川瞬间又清醒。犹豫一会他开灯起床，打开笔记本电脑修改小说。这是一部十六万字的长篇，写作过程中被卡住多次，每次在亲热声中又找回灵感。今晚陈川却不在状态，努力克制着身体的反应，读完五页只改动几个字。他做一次深呼吸，关掉电脑，倚在窗前看县城夜景，想起一些事情。大三时陈川认识一个学妹，她活泼开朗而且大胆，说喜欢他写的诗歌,晚上主动约他在校园漫步。不久后陈川开始了初恋,并很快尝到做男人的滋味。可两个月后,学妹却不喜欢诗歌了,而爱上音乐系的一个男高音。刚参加工作那年,陈川和一个女同事走到一起,可一个学期下来,女同事以他不合群为由分开,假期她就跟一个公务员结婚了……直到隔壁响起呼噜声,陈川才回过神,去了一趟厕所,回来躺下入睡。

第二天早上陈川刚醒,就接到妹妹打来的电话,说在家等他过去再一起出发。他赶紧起床洗漱,骑摩托车赶往妹妹家,离县城不远。途中思虑给外甥买点什么,可到了都不知道买点什么。妹夫开着长安星卡出院子,探出头对他说:"你和你妹去吧,我忙着去水韵佳缘贴地板砖,那个小区有三家活,天天都在催。"妹妹正在洗新买不久的大众朗逸,叫他进屋坐休息一会。陈川感觉有些不自在,拿张凳子坐在屋檐下,掏出手机看微信朋友圈。十来分钟妹妹洗好车,问他吃过早餐没有,他撒谎说来前吃过了。他们开着车出发,妹妹说已联系弟弟煮饭,上完坟去吃完午饭再回来。顿一会陈川还是开口了,说父亲想把母亲的坟迁回去,妹妹惊讶地问"什么",车速突然降慢许多。陈川说:"我本来不想管,但看爸爸年老的样子,只能假装顺从,今天去给妈妈上了坟,回去就跟他说这边不同意迁。"妹妹似不知怎么回答,默认了陈川的意思。他们在一家超市门口停车,买了香、纸、烟花和两箱饮料。两兄妹抢着付钱，最终还是被陈川付了。上车后他对妹妹说："你有时间回去看看爸爸。"妹妹点点头，过一会说道："爸爸的生日是哪天？到时候我们回去给他过生日。"陈川大脑"嗡"的一声，意识到自己也不知父亲的生日，顿了顿说："我回去问问。"

到达母亲的坟前，弟弟已把杂草割净，坐在旁边等他们。三兄妹寒暄几句，点燃香、纸，跪下磕头，最后由抽烟的弟弟放烟花。一束束烟花冲上天，脆响后散出绚丽的图案，有的还飘下袖珍降落伞。陈川想起年幼时的每年春节，继父总会给他们买烟花。那时的烟花炸响后色彩没有现在的丰富，但他们都非常开心，在院子里又跳又唱，母亲就坐在一边笑着看他们。这些往事让陈川鼻子一酸，眼角不禁有些湿润，他悄悄看妹妹和弟弟。他们都仰头看烟花，妹妹蒙住双耳、弟弟抽着烟，表情都极其平静。待烟花燃尽，妹妹说："我们陪妈妈坐一会吧。"他们在石头上坐下，谈一些无关紧要的事，都与母亲无关。有那么一瞬间，陈川想对弟弟说迁坟的事，但又觉得说不出口，最后他下定决心回去欺骗父亲，就说这边强烈反对。弟媳打电话来说饭菜已做好，他们起身到路边开车去家里。妹妹叮嘱弟弟照顾好弟媳，说孕期头三个月非常重要。陈川这才知道弟媳已经怀孕，看来弟弟和妹妹两家经常联系。

继父拄着拐杖站在门口，一看到陈川就赶紧走出来，陈川跑上前问好。继父紧握他的手，有些激动地说："小川，好多年没见你，你都长成大人了。"此刻陈川对继父的感情很复杂，不知到底是爱是恨。年幼时他爱继父，长大后看到孤独终老的父亲，他又恨继父，甚至还恨母亲。父亲憔悴的脸在他脑海闪现，他突然间一激灵，抽回自己的手。继父继续说个不停，问他的婚姻和工作，问他在县城买房没有，他敷衍着回答。弟媳招呼大家围桌而坐，是精心准备过的家常便饭，陈川虽饿但吃得很慢。继父微颤抖着手给他夹肉，他来不及伸碗过去接，肉掉进汤里，他赶紧夹起来。弟弟说水果生意不好做，有一天只卖出十串香蕉，妹妹鼓励他去学装修，说现在人们越来越重视居住质量，学会装修一定能挣钱。

饭后弟弟收碗去厨房洗，妹妹想摘新鲜豆角回家吃，弟媳便带她去了地里。陈川本想跟着去，可继父正向他说摔伤腿的经过，他不好借故走开。继父是上山找野蜂蜜摔伤的，现在还不能走路，但却惦记着峭壁上的蜂蜜，说最起码有六斤，一斤能卖一百块钱。陈川劝继父别再寻思找野蜂蜜，先把身体养好。沉默一会，继父突然问："你爸身体怎么样？"陈川瞬间一阵尴尬，说："就那样。"顿了顿又说："人老了都一个样。"继父说："好久没见你爸了，最近我突然想到他。"陈川不知如何回应,悄悄做一次深呼吸。继父拍拍放在一边的拐杖,说:"这是拐杖。"陈川点点头。继父接着说:"我以前浑浑噩噩地活着,从来没有静下心来想事情。自从摔伤腿用了拐杖以后,我的心竟然静了下来,回想过去的很多事情。我这一生对不起你爸和你妈,不知道你爸还恨我不?我想等我的腿好以后,找个机会去向他赔罪,和他好好喝几杯。"陈川依旧不知如何回应。继父继续说:"你爸是个实在人。"陈川还是不知如何回应。幸好妹妹和弟媳已摘豆角回来,大家说过几句闲话就告别了。

回到出租屋,踌躇一番还是没给父亲打电话。陈川知道,如果父亲听了他的话,一定会感到非常失望。记忆中这是父亲头一次要求他帮忙办事,而他以这种欺骗的方式来拒绝,会不会显得不孝?可换一个角度来讲,这事不好办也不该办呀,只是父亲已陷入死胡同,无法转过弯来。陈川在书桌前坐了许久,始终不知怎样回复父亲,他不想让父亲难过也不愿办这事。他一眨眼睛,似乎看到父亲转过身,蹒跚地走进卧室,伸手关门时顺便擦眼泪。被自己的臆想吓一跳,他从没见过父亲流泪,父亲会流泪吗?会因此事流泪吗?父亲已过耳顺之年,应该很难因为什么事流泪。这样的年纪正合适领孙子,可陈川连个对象都还没有。又想半天,陈川认为父亲的生活太孤独,所以才提出无理的迁坟。上个月陈川在家住了一天,黄昏时父亲独自面对夕阳喝酒,邻居家的狗以为有什么吃的,摇着尾巴过来,父亲抚摸着狗,狗等一会没有吃的,挣脱父亲的手走了,父亲久久地望着狗,直到它消失在转角,才端起碗又喝一口。陈川计划,把这部长篇小说修改好就回家陪父亲一段时间,也当作换个写作环境,试着写一两部中篇小说,看是否能有点突破。这三年拼命写了六十万字,好像已经遇到瓶颈。这样想着,陈川有些发困,躺床上一会就睡着了。

一觉睡到下午五点半,被刘基波打来的电话吵醒,陈川迷糊地接听。刘基波笑着问:"陈老师,没有在忙吧?"陈川揉着眼睛说:"没有没有。"刘基波说:"讲座的事情准备好了吧,我们打算在星期五下午举办,你看看怎么样?"陈川坐起来,说:"星期五?今天是?"刘基波说:"今天星期三。"长时间不上班,偶尔会忘记星期几,刘基波的提醒令陈川尴尬。他不太利索地说:"倒是,准备,好了,但我,不太了解,现在高中生,的心理,所以把握不太准。"刘基波爽朗地说:"那我们一起吃个饭,顺便聊聊,尽快定下来。我已经给校长汇报,提到报酬,校长都答应付两千块钱了。"陈川犹豫着。刘基波继续说:"好久没见,在讲座之前,我们也得先见个面吧。就在环城路那家醉香鸡,我去接你?"陈川恰好也不知晚餐怎么解决,便答应下来,说:"我离得不远,待会自己过去,大概几点钟?"刘基波说:"那就现在出发吧,也到吃晚饭的时间了。"挂断电话,陈川起来洗漱，想着穿什么衣服赴约。平时他不怎么注重穿着，但现在想在刘基波面前显得精神些。思量一番，他翻出许久没穿的西服。

陈川不想先到餐馆，所以选择步行。他一路上思来想去，见到刘基波第一句话该说什么，简单喊一声"刘校"，还是再加上"好久不见"，或者加点其他什么？虽是两个人的饭局，可至少也得四十分钟吧，坐这么长时间会不会提到过去的事，若提到又会不会感到尴尬？三年的时间能淡化很多事情，陈川已经不恨刘基波，起码不再那么恨。以刘基波的性格，当时一定恨陈川，但现在估计也不恨了。从电话里的语气就能听出来，陈川认为自己的判断还是很准的。印象中刘基波以前没叫过他"陈老师"，现在一口一个"陈老师"，再加上两千块钱的报酬，让他受宠若惊。他想，这场讲座一定要认真对待，要让部分学生学到点什么。他又想，刘基波也并不是那么坏，如果那时厚着脸皮找其签字，那今天的生活会是怎样的？肯定有着稳定的收入，说不定还找到对象、在县城买了房，也许父亲就不会憔悴得那么快，更不会突然提到为母亲迁坟。想到这些，陈川做一次深呼吸、叹气，陷入伤感中。

大学毕业那年，陈川考到镇上中学当特岗教师，那时校长就是刘基波。刘基波是体育老师出身，仅看长相就能猜出他的脾气，常用"如果不服从安排，以后别找我签字"来威胁老师。陈川参加工作第三年时，学校唯一的工勤人员退休，暂时没人负责复印室，刘基波便让陈川接替上。陈川以"课时已满且教师工作是教书"来拒绝，一个年轻教师竟敢在会上反对校长的决议，这让刘基波实在生气，拍桌子吼道："你不想干可以，但转正时别找我签字。"当时陈川愣了片刻，意识到他马上就要转正，可年轻气盛的他也拍桌子，说："放心，不会找你签字。但我想告诉你，你不得人心，学校很多老师都反感你的这句话。"顿了顿，刘基波说："小伙子，你不要以为自己能发表几篇文章就了不起，不知天高地厚，有一天你会吃亏的。"陈川不甘示弱，说："你不要以为自己当个校长就了不起，不知天高地厚，有一天你要遭到报应的。"很多老师像是在看热闹，不断发出轻微的笑声。在办公室主任的劝说下，刘基波和陈川没再继续闹，但他们的关系却因此僵了，见面都不打招呼。后来复印室由一个老教师负责，再后来陈川没填转正申请表，办公室主任给他打过电话他也没接，就这样正式开始自由写作的生涯。

走进餐馆，一眼就看到刘基波坐在大厅，正在手机上写画着。陈川走近喊了声"刘校"，刘基波抬头看到他，笑着说："陈老师到了。"起身把他迎进旁边的包间，茶水已倒、碗筷已摆，就只等上菜。他们坐下喝一口茶，刘基波说："几年不见，你好像胖多了，生活应该过得不错。"陈川说:"过得不好,但也胖了,没办法。"他们的关系不再是领导和下属,现在反而是刘基波有事求于陈川,这让陈川感到非常轻松。刘基波说:"不可能过得不好。你现在很出名,去县政府里面开会,县委宣传部长都提到你。"寒暄几句后饭菜都上桌了,刘基波准备盛饭,陈川赶紧抢先盛了。只三年的时间,刘基波竟然有了白发、比以前瘦了很多,俨然一副老年人的模样,总不能让一个老年人来"伺候"自己。刘基波从手提包里掏出一瓶酒,在陈川面前晃了晃,说:"白酒,能喝的吧?"陈川看一眼,颜色像刺梨泡酒,他说:"我没酒量,不太敢喝。"他确实不怎么喝酒。刘基波说:"没事的,少喝点没事的。"

他们边吃饭边谈着,偶尔碰杯喝一口酒。谈到讲座的事,刘基波说:"现在的高中生每天都是题海大战,很少看文学类的课外书籍,你就讲讲自己的写作经历,讲得越励志越好,然后分享一些写作技巧,鼓励他们多读、多写。"陈川想想觉得有道理,现在可供娱乐的东西太多,别说学生了,很多语文老师都既不读也不写。几杯酒下肚,话多起来且偏离正题。得知陈川还没女朋友,刘基波说学校有几个单身女老师,到时候安排她们去听讲座,如果有对上眼的就撮合撮合。最后一杯酒时刘基波提到以前的事,似有些惭愧地说:"陈老师,今年年初我一直想着你,我不知道是不是我当年的那句话改变了你的人生轨迹。"陈川把酒杯伸过去碰一下,仰头喝一口,自顾吃菜,不说话。刘基波说:"你不会还恨着我吧?"陈川放下筷子,笑笑说:"如果恨你,现在还能坐在一起吃饭吗?"顿了顿,刘基波说:"那我就放心了一些。我还是想知道,对于那件事,你是怎么想的?"陈川在心里组织语言,最终没有组织好,便说:"我还没想好。"随即又说:"过去那么久了,还提这些干吗。"说着举杯跟刘基波碰一下。喝完最后一口酒,他们互加了微信。刘基波把车留在停车场,打车回家。陈川步行回去,醉意越来越猛,回到出租屋倒头睡下。

半夜突然醒来,头部似要炸裂,时不时一阵反胃。陈川来不及穿鞋就直奔卫生间,几乎把胃里的东西全吐出。回到床上翻来覆去,折腾很久再次入睡。第二天将近中午才醒,头还在隐隐作痛,陈川翻身侧躺着,意识到今天是星期四。过一会他挣扎着起来,在美团上点一碗粉、一罐红牛,十多分钟就送到了。可实在没食欲,粉只吃几口,慢慢喝完红牛,才感觉有精神。他打开笔记本电脑,开始制作讲座的课件。也许是和刘基波聊过的缘故,陈川已有清晰的思路,很快做好五页。手机冷不防响起,是父亲打来的电话,滑动几次屏幕才接听成功。父亲开口就问:"给你妈迁坟的事情,你办得怎样了?"头部似被针猛地刺一下,陈川犹豫片刻说道:"我昨天去问过了,还叫我妹一起去的,那边不同意。"父亲沉默着。一张憔悴的脸浮现在眼前，陈川不由得一阵心疼，准备说点什么，但感到喉咙有痰，便清清嗓子。父亲还是沉默着。陈川鼓起勇气问道："爸，你的生日是哪天？昨天妹妹说想给你过生日。"父亲终于开口，说："过什么生日，都这把年纪了。"陈川说："妹妹一家人回去看你，选在生日那天热闹点。"父亲像是在回忆什么，稍停后说了自己的生日。陈川点击电脑上的日历查看，还有两个多星期。父子俩似乎都感到无话，敷衍几句后就挂了。陈川默想一会，继续制作课件。

星期五下午两点半，讲座在县高中如期举办。刘基波带陈川走上主席台，偌大的阶梯教室已坐满学生，屏幕上是陈川的照片和简介，不知为何他突然一阵紧张。刘基波笑容满面，做了个"请"的手势，让陈川坐在正中央，然后在他旁边坐下。这时音乐声停止，台下也安静下来，刘基波试试话筒，开始介绍陈川。随着热烈的掌声，陈川的心好像跳得更快，他做一次深呼吸、巡睃着第一排。这才发现第一排坐的都是老师，有年老的也有年轻的，最左边两个女老师看着比他还小。想起前天晚上刘基波的话，他竟然就不紧张了，不觉地坐直身体。刘基波介绍完毕，把话筒移到陈川面前，向他点点头，起身到台下坐。待掌声结束，陈川拿起话筒站起来，开口道："各位同学各位老师好，我叫陈川，曾经也是老师，由于职业养成的习惯，我喜欢站着讲。"又是一阵掌声。陈川从自己开始写作讲起，讲到不断被杂志社退稿，讲到终于发表出第一篇文章，用稿费买他人生中的第一个智能手机。其中很多细节是陈川编造的，取得非常好的效果，掌声时不时就响起。紧接着陈川讲到作文技巧，分析近三年的高考作文题目，鼓励学生用故事的形式去写。最后是互动环节，一支话筒在学生中传来传去，提出各种各样的问题，陈川都一一解答。

两个小时竟如此快。讲座结束后，刘基波说请陈川吃饭，陈川以为会有单身女老师一起，可最终只有他们两个人。开半个小时的车，到刘基波的老家吃，这里的辣子鸡火锅出名。由于路途遥远且要开车，他们都没喝酒，没喝酒话就少了很多。陈川发现，刘基波几次想说什么但又迟疑着，直到饭局快结束才终于说出口："陈老师，今年年初到现在，我一直在想过去的事情。"随即又补充道："我们的事情。"陈川愣了愣："我们的事情？"紧接着明白过来。刘基波说："如果当初我不说那句话，那今天你除了作家身份以外，还有另一个身份，教师。"陈川放下碗筷，说："刘校长，你不会是在可怜我吧？我过得不好，但我目前就喜欢这种状态。"刘基波说："不是这个意思。其实我早就想跟你联系但又不断犹豫，恰好有这么个机会才联系了你。"陈川这才注意到，刘基波的表情、语气跟以前大不同，他想了想说："过去的事情已经不重要，重要的是我们以后要保持联系。"刘基波似点点头,说:"但总还是会想起。"这一系列话把陈川弄蒙了,他不知刘基波为何反复提过去的事,便问道:"我好奇,刘校长想过去的事情时,到底在想些什么?"说完他觉得有点好笑。但刘基波没有笑,而是低沉地说:"今年年初出一场车祸,我妻子当场死了,我右腿严重受伤,休养几个月才恢复。"陈川半张着嘴不知如何回应,不当教师后他神经质一般退出各种工作群,删掉以前同事的联系方式,跟教师圈子失去联系,所以不知刘基波的这一经历。半响后,刘基波打破沉默,说:"吃饱了吧,我带你去我的老家坐坐。"陈川没有拒绝,他知道刘基波不会陷害他,他的感觉一向都很准。

几分钟就到刘基波的老家——一栋两层的小洋楼。天色正渐渐暗下来,但院子里叫不出名的花开得正亮。刘基波说:"这是我前两年建好的,现在大部分时间在县城住,只是偶尔回来一趟,打算退休回来长住。"说着开了门、打开楼梯间的灯,带陈川到二楼最边上的房间。能看出这里是书房,靠墙的书柜摆着四五十本书,各种类型的都有,窗边的书桌上放着几支笔和一个笔记本,一副不锈钢拐杖靠在桌边。陈川抽出一本书,是历史类的,随便翻了几页,听到刘基波说:"这是拐杖。"转眼看到刘基波手放在拐杖上,陈川愣了一下,点点头。刘基波接着说:"上半年我是挂着拐杖度过的,女儿照顾我两个月，开学后回学校，我老父亲就过来照顾我，他上个月刚过世。"陈川放下书，说了声"节哀"。刘基波说："我说几句实话，你别透露出去。以前我总想着当官，但用了拐杖后心平静下来，觉得自己最好连校长都别当，便向教育局申请辞掉。教育局很快批准，待我恢复好以后，就调我到县高中，高中校长是我的朋友，便让我搞教务工作。"没等陈川回应，刘基波又说："那时候医生说要慢慢走路锻炼，我每天拄着拐杖在房间来回走半个小时，想起过去的很多事，有一天突然想到我们的事情。"他咳嗽两声接着说："我不知道你吃亏没有，但我确实遭到报应了。"陈川看着刘基波，内心顿时汹涌起来。

刘基波微笑着看陈川，走近、张开双手拥抱他。这是陈川从没想到的，一时不知怎么办，便也拥抱刘基波。许久后，刘基波轻轻拍他的背，说："兄弟，你不要有心理负担。"陈川声音颤抖地说："哥，不会的。"他们互相松开，望向窗外，天已经完全黑了。刘基波说："以前你和我对峙，我确实恨过你，但用了拐杖后就一切都看开了。"陈川想让气氛缓和一些，微笑着说："看来，拐杖是个好东西，能让人心静下来。"刘基波点点头，说："是的。是的。"陈川说："我最近修改一部长篇小说，总是没法修改，要不买副拐杖来用用，看会不会激发出灵感。"刘基波笑起来，指着桌上的笔记本，说:"这个主意不错。我休养的那段时间,白天看看书、晚上写点回忆录。我这个大老粗,用了拐杖后都能写出几篇文章。"说着拿起笔记本翻给陈川看,接着说:"今晚上我带回县城,打成电子版发给你指正。"陈川笑着说:"哪里哪里,我学习。"刘基波说:"兄弟,我们曾经闹过不愉快,但现在都说开了,我们都要往前看,不要再计较。"陈川说:"必须的,必须要往前看。"

陈川回到出租屋已将近九点,隔壁那对情侣叫几个朋友过来聚,他们大声说笑、猜拳、劝酒。陈川坐在书桌前,回想今天的一系列事,觉得有些不可思议。过一会微信响一声,是刘基波转账过来,两千块钱,紧接着发来信息:兄弟,请查收。陈川点击收款,回复:哥,收到了。他给妹妹发信息,把父亲的生日告诉她,妹妹回复:到那天我们一起回去。大概半分钟后又发来信息:我先想想买什么作生日礼物。陈川做一次深呼吸,放下手机、打开笔记本电脑,继续修改那部长篇小说。隔壁实在太吵,不时还传来女生的尖叫,陈川改完两页就不想再读。关掉电脑躺在床上但还没有睡意,在快手看一会短视频,无端想起在刘基波书房里随口说出的话。陈川突然一阵激动,打开手机淘宝,在搜索栏输入"拐杖"。看半天,选中一副三十块钱的,他几乎没犹豫就付了款。隔壁的聚会终于散场,那对情侣打扫好卫生关了门。陈川仔细听着,没听到亲热的声音,他们应该喝多了，不一会就传来呼噜声。陈川想到刘基波，刘基波现在在干吗？应该睡着了吧。

整个周末陈川没修改小说，在读一本晦涩的外国小说，读书之余就是查看物流信息，一天要查两三次。看到购买的拐杖越来越近，他的心里就有种特别的感觉，不禁无声地笑起来。熬到星期一下午，终于接到快递员的电话，陈川穿着拖鞋跑到楼下取了货，一口气跑回房间。拆包裹的过程中，他脸部发热、心怦怦直跳，按照说明书组装好拐杖，提在手上，什么东西瞬间传遍全身。陈川感到非常兴奋，拄着拐杖在房间走来走去。刚开始不太自然，但走二十多圈他就熟练了，愈加兴奋，不禁笑出声来。又走一会，把拐杖靠在书桌边，打开笔记本电脑。快速浏览完这部长篇小说时天已黑，陈川认为写时是在凑字数，很多地方太啰唆、必须删掉，他心里的轮廓越来越清晰，着手删改起来。不知改了多久，隔壁传来那对情侣的亲热声，陈川意识到自己还没吃晚餐。他起身拄着拐杖去烧好水，泡了一桶老鸭汤泡面。房间里有多种口味的泡面，都是为通宵写作而准备的。吃完泡面后，拄着拐杖去一趟厕所，回房间继续修改小说。

天蒙蒙亮的时候，小说终于修改完毕，从十六万字删减到六万字。陈川拄着拐杖站起来扭动腰部，他对这六万字非常满意，认为是目前写得最好的一篇小说。想不到拐杖如此神奇，他在心里对自己说：这一生离不开拐杖了，特别是在写作期间。熬一个晚上头有些沉，陈川洗了脸、躺在床上，睡着之前他突然想，该送父亲什么生日礼物。有那么一瞬间，他认为送拐杖最合适，让父亲拄着拐杖，静下心想通一些事情，就不会感到孤独，更不会想着为母亲迁坟。这样想着陈川就入睡了，不知睡了多久，他做了一个梦。在梦中，父亲接过拐杖时开心得像个孩子，拄着拐杖在村里转悠，陈川跟在父亲身后。引起很多人好奇地观望，父亲笑着向他们打招呼。在村里转一圈后，父亲沿通往村外的小路走去。很快出了村庄，父亲大声唱起一首山歌，偶尔还停下来举着手挥动。路途中居然和继父相遇，他们都拄着拐杖，目不转睛地看对方。看着看着他们一起放声大哭，哭着哭着又一齐哈哈大笑。接着他们扔掉拐杖，晃晃悠悠地走近，紧紧拥抱在一起。

月明星稀的晚上

1

午睡醒来,他继续躺在床上,望着有蛛网的天花板,陷入想象。他经常这样,一个人时就想各种事情,有时候想得很深入,似乎自己正在经历而不是在幻想,因此会不时无声地笑或无声地骂。窗帘是他用废弃的床单改做的,显得有点小,一束阳光从旁边射进来。他翻过身去,看到少许灰尘在光里飘动,这令他无意间想到宇宙,那一粒粒灰尘如同一颗颗星球。他想:我可以写一篇科幻小说。这个想法瞬间传遍全身,他不禁激动起来,集中精力构思。不一会,一篇科幻小说的轮廓出现在脑海,他猛地爬起来,到书桌前打开电脑。电脑是大学时买的,过于陈旧,两分多钟才运行正常。在等待的过程中,脑海里的轮廓逐渐消失,现在面对空白的文档,他双手放在键盘上,一个字也打不出来。

在电脑前坐许久,他最终放弃了,起身拉开窗帘。太阳泊在山顶上,他努力想一些与夕阳相关的诗句,心里微微浮起一丝伤感，直到隔壁传来呵斥孩子的声音他才回过神来。这是学校的教师宿舍，他住在三楼尽头那间，隔壁是一个高个子的女老师。她比他小一岁，但她已婚且有一个三岁左右的孩子。夫妻因工作分居两地，婆婆过来帮她带孩子，她常常上完课后急匆匆赶回来。有一次因过急他们在转角处相撞，他的手触碰到她最柔软的地方，当天晚上他就失眠了，将近凌晨两点才睡着。这栋楼的隔音很差，此时这个女老师吓唬孩子："你到底吃不吃，不吃就送你回老家了。"他这才意识到该吃晚饭了。

他向来不喜欢自己做饭，连锅瓢碗筷都没有买。现在他不想去学校食堂吃，星期六留校的师生不多，食堂准备的一般都是炒粉，四块钱一大碗，他一想就没有食欲。出门走五六分钟就到最近的餐馆，但他总觉得一个人去餐馆很别扭。思虑一番，他拿起手机点外卖。人不是很饿的时候就会有选择困难症，花十多分钟才点好。要半个小时才能送到，他放下手机，随便拿起一本书消磨时间。快速读两个小节，他知道这是一篇所谓的先锋小说，一个很简单的故事，作者故意绕来绕去地写。他在心里说：这种写法虽然有意思，但好像没多大意义。

又读两个小节，他已经猜出整个故事，没兴趣再往下读，便放下书。这时候电话响起，他赶紧接听，是一个女声，说外卖到了。放下手机后换鞋，他不允许自己穿拖鞋出门，哪怕只是两三分钟的时间。他是一个过于小心且没有安全感的人，就连点外卖都不留具体地址，而把地址写成"一中后门岔路口"，每次接到电话都要下楼、拐两个弯去拿。这是他学会点外卖以来第二次碰到女外卖员，他边走边想：会不会是上次的那位呢？拐第二个弯他看到女外卖员，大众脸大众身材，他无法确定是不是上次的那位，因为上次是晚上十点多，他有点近视没看清楚。待走近些后，女外卖员突然说："是你呀？"他一惊，问："你，认得我？"女外卖员笑着说："上次给你送过，也是在这个地方。"稍一停她又说："这是我第二次送这条路，所以印象有点深。"他笑着接过外卖，说了声谢谢。

转身欲走时，女外卖员突然说："你住在那栋教师宿舍吗？"他回头看她的脸，觉得有点耐看。他嚅嗫着说："是呀。"她说："那以后你直接填房间号，我们会送到门口的。"他心里顿时有一种特别的感觉，拼命找话题想多聊几句，但女外卖员已经把车掉好头，他只得说："好的好的。"接着又补充道："慢走哟。"她点头微笑一下，骑车走了。他竟呆呆地看她的背影，直至看不见才回过神来。

他心里有一种喜悦感，回房间好一会都没消失，边吃饭边回想女外卖员骑车远去的背影。他觉得今天的晚餐特别好吃，连菜里面的辣椒都全部吃了。他知道这是单身久了的缘故。一个人单身久了，异性对自己热情一点，就会胡思乱想。他在心里算一下，竟然已单身四年。刚参加工作那年，他和一个女同事交往过一个多月（没公开），严格来说他还不知道那算不算恋爱，因为除了牵手其他的都没有发生。分开不久，这个女同事考进县教育局，两年后就结婚生子了。如今他一想到这些就禁不住感慨。

感慨一番，思绪又回到女外卖员的身上，以她为女主角构想一个故事。他躺在床上想：下一次点外卖填房间号，怀着激动的心情等二十分钟左右（其间看几次时间），终于听到三下不轻不重的敲门声，猛地弹起来，心跳加快地去开门，那张熟悉的脸出现在门外，他们看清对方后都笑了，鼓起勇气邀请她进来坐坐，她犹豫片刻走了进来，于是他们开始聊天，聊着聊着竟然拥抱在一起。想到这他有了生理反应，紧接着责骂自己没出息，都二十八岁了还单身。一直以来他都是这样，总是有这心没那胆，他认为这是自卑的表现。现在他有点瞧不起自己，继而为自己感到些许难过。

隔壁传来歌声：在这月明星稀的晚上，我们谈起自己的理想。住在隔壁的女老师是教音乐的，好久没听到她唱这首歌了，不知今晚为什么会唱起。他起来去窗前看夜空，确实是月明星稀，他似乎看到隔壁女老师正望着夜空、缓缓地唱。她在教师节晚会上说过，这首歌是她大三那年写的，那天晚上她和男朋友在校园散步，无意中哼唱出旋律，赶紧拉上男朋友去钢琴室记谱、填词，整个过程就两个小时，男朋友非常喜欢这首歌，后来就成了她老公。那个教师节晚会，同事们听完她的爱情故事，纷纷鼓掌、呐喊，唯独坐在角落的他无动于衷。当时他还暗自嘲笑歌词没深意，可现在却觉得歌词如此的美，不由得在心里跟着唱：在这月明星稀的晚上，我们都对爱情很向往……

跟一个小节后他唱出声音，可他不仅没有意识到，而且声音还越来越大。他似乎天生对音乐有点敏感，这首歌只听过几遍就记下了。此刻他微闭眼睛，神情深入地唱着。副歌部分因音过高被卡住，他这才回过神来，意识到隔壁的歌声已停。他被吓一跳，心跳瞬间加快，脸部和头皮发热起来。他大喘着粗气，回床上躺下，好一会才平静下来。他想：房间隔音这么差，她一定听到我的声音了。他静下心来听，隔壁房间没有一点声响。他想：糟糕了，这件事弄得太尴尬，以后怎样面对她呢？隔壁突然传来声音，他集中精力听着，是她的孩子哭闹几声，而她在哄孩子睡觉。他感到全身自在了一些，翻身侧躺着看窗外，发现一直没有开灯。他想：幸好没有开灯，如果刚才开灯，一定会更加尴尬。

他继续胡思乱想着，不知过了多久，睡意渐渐袭来。最近一段时间以来，他的瞌睡非常多，空闲时间几乎都是在睡觉中度过，特别是周末。他已经有三个星期没回家，因为不想听到父母在耳边催婚。这时睡意愈来愈浓，眼睛几乎睁不开。他坐起来脱掉衣服裤子，重新躺下盖好被子，心想：睡一觉吧，一觉醒来就都好了。刚入睡一会，他开始做一些杂乱无章的梦。

2

他迷迷糊糊听到上课铃声，可怎么也醒不过来，努力动自己的手和脚，却发现无法动弹。他急得头皮冒汗，声音颤抖地念着：迟到了，迟到了。后来不知怎么醒了过来，他穿戴整齐后急匆匆往学校赶去。到达操场时，看到两个迟到的学生跑在前面，他不禁跟着小跑起来。在双杠上锻炼身体的邹老师喊道："文学青年，慢慢地，不要慌。"邹老师总把他调侃为文学青年，他早就恨之入骨，但面对这位强壮的体育老师（其曾在会上跟校长拍桌子），他也只敢怒不敢言。他稍微放慢速度，但没理会邹老师。邹老师的声音从身后传来："今天一定是奇妙的一天，不信你看看。"说完奇怪地哈哈大笑几声，这笑声让他头皮发麻。

他喘着气走进教室，所有的座位都空荡荡的。难道是自己搞错了吗？他看墙上的课程表，一点错都没有，正是他的课。他有点儿生气，认为学生在捉弄他，这些学生真是无法无天。隔壁教室传来整齐的读书声，好像是在读一首现代诗，总把尾音拖得很长。他在讲台上来回走动几次，不知所措时突然听到一阵笑声，他顺着笑声向窗外望去，只见班上的学生在山上手舞足蹈。校园里有一座小小的山，学校做成了一处风景，平时都不准学生爬上去。他一阵紧张，如果校长发现，一定会扣他的绩效，扣绩效是小事，如果有学生摔伤就糟了。他赶紧出教室，朝山上跑去。

　　他还没来得及呵斥学生，学生们就笑着鼓起掌，齐声说："欢迎老师加入梦舞班。"接着学生们又甩动着手和脚，跳起一支怪异的舞。他气愤地质问道："谁让你们来山上的？"学生们似乎没听到，依旧在摇头晃脑。他连着质问了几遍，他们才停下来。一个女学生说："老师，你这么生气干吗？这是在梦中呀，在梦中什么不可以做？"他吼道："都已经上课了，你们梦还没醒吗？"学生们大笑起来，说："老师，难道你的梦醒了？"他揉一下眼睛向教室看去，所有教室都空荡荡的，转着身体看整个校园，除了他和身边的学生，再没有其他人。他感到一片疑惑，难道现在真的还在梦中？那个女学生说："梦中是可以任性的，让我们来跳舞吧，我们给自己的班级取了名，叫梦舞班。"其他学生附和着说："对，在梦舞班，我们感到很快乐。"

他终于缓和下来,习惯性做一次深呼吸,说:"那我们就在这山上上课吧。"学生们叽叽喳喳:"上什么课呀,我们都没带书。"他才发现自己也没带书,想了想说:"不用书,你们听着就行。"他爬到那块大石头上坐下,学生们紧围在他身边,他看着学生们兴奋的脸,一阵幸福感涌上心头。他好久没有这种感觉了,声音几乎哽咽起来,激动地说:"这节课我们就讲讲庄周与蝴蝶吧。"刚才的那个女学生抢着说:"我知道,这个故事与梦有关。"他点头微微笑,继续说:"庄周,道家学派的代表人物,创立了……"正讲着,五颜六色的蝴蝶从四面八方飞来,在他们面前有节奏地扇动翅膀。学生们似乎忘记听课,惊呼着又开始跳起舞,还邀请他也加入。他看着不断飞来的蝴蝶,身体不觉地舞动起来。

舞着舞着他听到笑声,蝴蝶和其他学生都不见了。他看到教务主任背靠着一棵树,嘴里叼着一根狗尾草,朝他不怀好意地笑。教务主任是一个秃顶的离婚男士,长期住在教师宿舍里。一个周五的晚上他们于楼道中相遇,教务主任提着一瓶白酒,邀请他一起喝两杯,他没多想就去教务主任的宿舍喝酒,喝醉后他谈起文学梦想,说自己写小说且发表过几篇。过后教务主任把他的话传出去,说学校里出了一个作家。很快同事们都知道他写小说,有个别同事一直称他为"文学青年",总让他觉得不自在。此刻突然想到这些,他一阵愤怒,红着眼睛朝教务主任走去。教务主任吐出狗尾草，似笑非笑地说："年轻人，注意点形象。"他骂一句粗话，一拳打在教务主任的脸上，教务主任身体一歪，倒在地上死了。

他知道自己杀了人，但却没有感到惧怕，甩甩手走下山。他迷糊地来到校长办公室门口，校长正在跟一个人体骨骼模型交流。学校的生物老师不够，校长每个学期都要上一个班的生物课，时常提着各种模型走进教室。他犹豫一下敲门进去，校长转头看到他，指着沙发让他坐。待他坐下后，校长笑一下，说："我一直在等你。"他开始感到些许惊恐，吞吞吐吐地说："我刚才打死了教务主任。"校长说："我知道，他只是在梦中被你打死而已，在现实中还活着，你不用过于担心。"他一下子轻松多了，换一个坐姿让自己舒服一些。校长说："让我们来谈谈你的梦吧。"他思虑片刻，说："我的梦都是一些破碎的片段，不知道从哪谈起。"校长说："这样吧，我来问问你，打死教务主任之前，你做了些什么？"

他大脑"轰"的一声，难道所有的一切校长都知道了？这可关乎到师德师风，他半张着嘴不知如何回答。见他紧张得双腿发抖，校长说："做错事就要承担责任，你带学生上山进行教学，学校要对你作出相应的处罚，按照相关规定，扣五分的绩效，你有没有什么意见？"

他终于缓过来,在心里组织语言,说:"我没有任何意见,但我必须告诉你,我喜欢做这样的梦。"校长说:"我知道,从生物学的角度来说,生活不如意的人都喜欢做梦。那就这样吧,再给你一次机会,继续你的梦。"他说:"我现在就在梦中呀,梦一直进行着。"校长严肃地点点头,示意他可以离开。他起身走出办公室,回头看到校长又在跟人体骨骼模型交流。

走到楼下遇到一只猫,它朝他喵喵几声,他懒得回应。是那个单身女老师养的猫,她带来过学校好几次。她是学校里唯一的单身女老师,有两个单身男老师先后追求过她,都以失败而告终。他也曾试着追求,可她看都不看他一眼。在校园里相遇,如果他主动打招呼,她就点一下头,如果他不打招呼,双方就各自走过。此刻猫蹭着他的腿,他愤怒地踢了一脚,猫惨叫着跑上花坛。那个单身女老师突然出现,喊着猫的名字,猫跳到她怀里。她骄傲地抱着猫,白他一眼,往停车场走去。

他想走出学校,却找不到大门,一直在校园里转着圈。他思虑一番,张开双臂用力扇动,扇了几下腾空飞起来。他感到很兴奋,不由得呼喊起来,在校园上空来回飞着。邹老师正带着学生在操场做体操,学生身体向后仰时发现他,整齐的队伍瞬间乱起来。邹老师也看到了他,一边叫学生不要走动,一边用手指比作枪,学生也跟着用手指比作枪。在邹老师的口令下,他们纷纷朝飞翔的他射击。有那么一会他觉得胸口一阵剧痛，于是加大力度扇动双臂，赶紧离开学校。

他降落在县城后山的墓地中。萤火虫闪烁着四处飞，伸直双手的僵尸跳来跳去，它们似乎很快乐，不时发出一阵阵笑声。他感到非常惊奇，试着朝僵尸们走过去，想着该怎样打招呼。僵尸们很快发现他，所有的手一齐指向他，他立即停住脚步。细想一会，他模仿僵尸，也伸直双手。有僵尸问："他是什么人？"带头的僵尸回答："他是个不合群的人，生活过得不如意，竟然还想加入我们。"其他僵尸哈哈大笑，露出尖锐的獠牙，让他感到毛骨悚然。

3

他突然间醒来，听到有人敲门，并焦急地喊他。他愣一下，听出是隔壁的女老师。他说："稍等一下。"起床开灯，穿好衣服裤子，才去打开门。隔壁女老师站在门口，急促地说："我儿子突然发高烧，你能不能帮个忙，一起送他去医院？"几乎没有人请他帮忙，特别是异性，一次在校园里遇到一位老教师（女性）抱着厚厚一摞试卷，他提出想帮忙，可老教师执意不让，当时他感到无比尴尬。现在，隔壁女老师看着他，哀求一般的眼神，他有种受宠若惊的感觉。他因激动而声音有些颤抖，说："可以的，我换一下鞋。"

他穿好鞋，找到手机看一眼时间，将近凌晨一点。他关灯关门，匆匆去隔壁宿舍。孩子有一声没一声地哭，她正准备把孩子背在背上，他上前说："我来背吧，怕你走得太慢，耽误时间。"她犹豫片刻，说："那就麻烦你了，实在不好意思。"他说："没事没事，小事情而已。"他转过背去，她把孩子放到他背上，他不自然地用手托住，她把背带盖上去，捆紧。周末很多老师都回家或出去玩了，平时这个点总会听到呼噜声，但现在整栋楼静悄悄的。他拍两下手，楼道中的灯才亮。他们开始下楼，他保持精力集中，让自己走得快而稳，她紧跟在他身后。

他们很快来到街上，他有些喘气，便稍微放慢脚步。她说："都一点钟了，一辆出租车也没有。"他说："再走走，途中遇到车更好，遇不到也没事，走十分钟就能到县医院。"孩子突然大声哭起来，她跟在他身边，伸手抚摸孩子，不停地哄着。看着地上被拉长的影子，他嘴角露出微笑，心想：如果身边是我的妻子、背上是我的孩子，一定很幸福吧。孩子的哭声减弱，她断断续续地说："今天，一直都好好的，睡到半夜，突然就发高烧了。"他说："发高烧问题不大，去医院就好了。"

走到一家小酒吧门口，两个打扮时尚的女孩站在那，估计是在等出租车。他多看两眼，其中一个女孩突然喊道："是你呀？"他停住脚步，盯着那女孩看，实在想不出是谁。那女孩笑着说："今天下午才遇到，现在就记不得了。"他这才想起来，再仔细看，确实是那个女外卖员，她换了一身衣服，还挺好看的。他笑笑，有些尴尬地说："你们是在打车？"那女孩点头说："是的，刚玩结束，回去休息。"孩子的哭声又大起来，小小的身体在他背上挣扎，似乎觉得不舒服，女老师赶紧搂着孩子，安慰道："马上就到了。"那女孩问："你们的孩子生病了？"他说："是的，送去医院。"说完觉得不妥，想补充说是同事的孩子，但见女老师没什么反应，他也就没说了。

一辆出租车开过来，他们四个人同时招手，出租车掉好头停在面前。他和女老师上前一步，对司机说："县医院。"他打开后座的门，司机问那两个女孩："你们要去哪？"她们说："不顺路，让他们先走。"他小心地上车，女老师用手护着孩子的头。因背着孩子，他侧着身体，只坐了半边屁股。她说："你这样坐腿酸吗？"他说："没事，几分钟就到了。"司机嚼着味很浓的槟榔，车开得飞快，很快就到了县医院门口。他们下车后，司机迅速掉头，沿着来路开回去。他想：一定是回去接那两个女孩，她们大晚上才从酒吧出来，估计还单身着。他因走神在石梯处踩滑，差点摔倒，她赶紧拉住，说：

"小心一点。"他回过神来，感到脸部微微发烫。

医生摸摸孩子的额头，用体温枪量了体温，没有告诉他们多少摄氏度，直接建议输液。到病房把孩子放在床上，值班护士很快进来输液。孩子一直哭，她只得把孩子抱在怀里，轻声哄着。病房里只有他们俩和孩子，他坐在旁边发呆一般地看她，过一会他们四目相对，他有些尴尬地拿出手机。孩子安静下来很快入睡，她把孩子轻轻放回床上，小心翼翼地盖好被子，然后到床尾坐下。为了打破沉默，他无话找话说："等他一觉醒来就好了。"她说："但愿。今晚太感谢你了。"他说："举手之劳而已，不用谢的。"

他们平时没怎么说过话，也就是见面时礼貌性打个招呼，现在说几句客气话又陷入沉默。他听到孩子有节奏地呼吸着，无意中想起刚发生不久的"唱歌事件"，全身上下瞬间感到不自在。她歪着头看孩子，眼神里透露出无限的母爱，他突然觉得她比平时还美。他想：她不提就当作没发生，不要给自己增加心理负担。这样想着，他稍微轻松一些，翻看微信朋友圈。她突然问："你家是哪的?"他把老家的地名告诉她。她说："不远。"紧接着又问："你周末都很少回家?"他说："家里没什么事，这两个星期都没回去。"他想问问她这个周末为什么没回家，但想想还是没有问。

"你有女朋友吗?"她又突然问。他有些不好意思，顿了顿，说："还没有。"她说："你要求太高了吧，喜欢什么类型的？"他说："没什么要求，只要双方有感觉就行。"她说："加个微信，以后有合适的给你介绍，外地的没问题吧？"他说："没问题。"他打开微信的二维码名片，准备递手机过去，可她却从工作群里加了他。她的来电铃声响起，她滑动屏幕接听："已经送到医院了。同事帮忙送过来的。好，你开车慢点。"挂了电话，她说："是孩子他爸。本来这个周末我要回家的，但他加班没时间过来接，就没回去，谁知道孩子半夜突然发高烧，我叫他连夜赶过来。"他"哦"一声，问："开车要多长时间？"她说："开得快的话，两个小时。"他说："那也不远，一会就到了。"

又沉默下来，各自玩着手机。过一会，她说："太晚了，你回去休息吧，我老公一会就到了。"他犹豫一下，说："你一个人在这，怕突然有事需要帮忙。"她说："应该没事了，再说还有医生。你回去休息吧，今晚太感谢你，哪天请你吃饭。"他起身，说："不用不用，那我就先回去了。"她跟着起身，把他送到电梯口。他进电梯时，又说："有事就发微信。"她笑着说："好的，你路上注意安全，到宿舍和我说。"除了母亲，没有人这样叮嘱过他，他内心深处涌出一阵感动，电梯门就在这时合上。

刚走出医院就遇到出租车，他打车到宿舍楼下，下车时无意间抬头，夜空里依旧月明星稀。他一口气走到三楼，发现她屋的灯和门都没关。他拍照片发给她看，她很快回复：刚才太忙，忘记关了，你帮我关一下。他想了想，回复：已关。她说：谢谢，你早点休息，晚安。他并没有马上帮她关，盯着"晚安"二字看几秒钟，走进她的宿舍。

他环视一圈，发现她的房间很整洁，一股若有若无的香味钻进鼻腔，他的心猛地跳一下。窗边是两张桌子，上面放着锅瓢碗等厨房用具，床上的被子有些凌乱，床头是一张书桌，上面仅有两本书，都是关于音乐的，床尾是一个移动晾衣架，挂着不少衣服，晾衣架下是一个打开的密码箱，里面放着卫生纸等物什。他走近晾衣架，无意间看到她的贴身衣物，有粉色的、白色的、黑色的，他身上瞬间有反应，心跳加快起来。他伸手过去，触碰到她的贴身衣物时，突然回过神来。他赶紧关上灯，走出她的宿舍，轻轻关上门。

他躺在床上无法入睡，凌乱的故事片段在脑海里闪现，主角一会是女外卖员，一会是隔壁女老师。最后他不得不自己用手解决，解决完后陷入一阵空虚，渐渐地，空虚被睡意填满。很快，杂乱无章的梦又出现了。

4

他出现在刚犁过的、潮湿的土地上，手指般粗的蚯蚓陆续钻出来，缠住他的脚。他甩动脚把蚯蚓抖掉，但脚刚落地又被缠住，而且这次还缠得很紧。他往远处看，整块地已经满是蚯蚓，正蠕动着朝他爬来。他全身起鸡皮疙瘩，赶紧扇动双臂飞起来。他飞到树林上方时，几只鸟跟在他脚后，很快将缠在他脚上的蚯蚓吃掉。接着这几只鸟停在他背上休息，他瞬间感到一阵沉重，身体快速往下掉。

他并没有掉在树林里，而是掉在了床上，心剧烈地跳动着。好一会才平静下来，他睁开眼看到一个女孩坐在书桌前，正操作着他的电脑。他揉揉眼睛再看，女孩回过头来说："你醒了？"他疑惑地说："醒了，但是，你是谁？"女孩有些生气地说："你怎么老是忘记我？"他抬起头仔细看，是那个女外卖员，他惊呼着说："这是我的房间，你不可能出现在这里。"她笑着说："在梦中，什么事情都可以发生的。"他说："可我已经醒来了。"她说："你只是从另一层梦境中醒来而已，现在依旧处在梦中。"

他翻身想要起床，但感到疲惫不堪。她伸手示意他别起,说:"继续睡吧,我正在写一篇小说。"她笑了笑,接着说:"你再做一次梦醒来,我就写完了。"他问:"你打算把这篇小说送给谁?"她说:"当然是送给生活不如意的人了。"他说:"听起来很有意思。"她说:"要不我读第一段给你听听。"他重新躺好,拉拉被子,说:"洗耳恭听。"她清清嗓子,缓缓读道:"午睡醒来,他继续躺在床上,望着有蛛网的天花板,陷入想象。他经常这样,一个人时就想各种事情,有时候想得很深入,似乎自己正在经历而不是在幻想,因此会不时无声地笑或无声地骂……"

在她略带磁性的朗读声中,他慢慢闭上眼睛,不知不觉走进一片芦苇丛。他想:无边的芦苇丛是母亲的乡愁。他记得这是一句诗,几年前在一本杂志上读到的。他沿着丛中小路走去,果然看到母亲。母亲坐在石头上,镰刀放在一边,她正轻轻地揉着小腿。他准备要说点什么,但母亲先开口了:"一到这个季节,我的脚就会痛,连路都走不了。"他有些不高兴,说:"提醒你多少次了,脚痛就不要再干活。"母亲说:"除了种一点芦苇,我还能有什么办法?你总是不理解我。"说着她眼睛噙满泪水,声音哽咽起来:"这里根本就不是我的家,我被人贩子从很远的地方带过来,卖给你爸当老婆。"他在母亲身边坐下来,试着安慰她:"妈,你的家在哪里?我跟你一起回去。"母亲抹着眼泪说:"已经过去这么多年，我早已忘记了，只记得大片大片的芦苇。"

他抱抱母亲，看着风中摇动的芦苇，开始抒情："芦苇飘扬的时候，战争宣布结束，人们纷纷坐下来，沉默或者谈起旧事，然后伤感。那就把芦苇丛分掉吧，每个人一片，恰好能够盛放心灵。当黄昏将至，我们于其中跳舞，一直跳到夜色来临，所有人都泪流满面……"母亲摇着他的肩，说："你哭了？"他才发现自己在流泪，抬手擦掉，不好意思地说："我想象自己在芦苇丛中跳舞，然后死去，感到非常幸福。"母亲说："你都还没成家，怎么能想到死呢，不要太伤感，抓紧找个对象。"他站起身来，想一会，说："妈，请原谅我吧，我是个不合群的人。"说着他往芦苇丛深处走去，身后似乎传来母亲的哭声，但他没有回头。

不知走了多久他才走出芦苇丛，来到一条坑洼不平的公路。"我要去哪里？"他试着问自己，自己却没有回答。他叹一口气，继续往前走，路上没有车辆、行人，令他感到不安。他想：我应该唱一首歌，给自己壮壮胆。于是他挺直胸膛，找一下感觉，开口唱起来：在这月明星稀的晚上，我们谈起自己的理想……唱到副歌时他抬头看，确实是月明星稀。他不禁激动起来，使用头腔共鸣，高音轻松地唱出来了。唱完后他听到掌声，四处看却没有人。他感到更加不安，想赶紧逃离这里，张开双臂扇动，可怎么扇都飞不起来。

"不要紧张,我是你的妹妹。"一个忧伤的声音传来。他顺着声音看去,还是看不到人。他现在没有兄弟姐妹,但无意中听母亲说过,他有过一个妹妹,只比他小一岁,可惜刚生下来就死去了,丢在寨子背后的山洞里。他鼓起勇气问:"你在哪里?"忧伤的声音又传来:"我是一种看不见的物质,但如果你愿意的话,可以感觉得到我。"他问:"怎么感觉?"忧伤的声音在耳边响起:"你闭上眼睛,左手蒙住额头,默默地想一会,就能感觉到了。"他犹豫一下,还是照做了,不一会真的感觉到妹妹。他高兴地说:"原来在梦中这么神奇呀。"妹妹笑着说:"你错了,你现在处于现实生活中,等你完全醒来时,才真正进入梦里。"见他疑惑着,妹妹又笑着说:"很多时候,梦是现实,现实也是梦,何必区分得那么清楚。"他点点头。

"这些年来,你过得怎么样?"他问妹妹。妹妹又表现出忧伤,说:"还能怎样?我们这种不合群的人,在哪里不都一个样。只是现在以一种看不到的物质形式存在,让我稍微有了一些安全感。"他说:"听你这样一说,我突然感到很难过。"妹妹说:"难过的时候就哭一哭吧,这些年我都是这样度过的。"他努力平复情绪,顿了顿,说:"你想念妈妈吗?她曾经因为想你哭过很多次。"妹妹沉默着,好一会才说:"不想念,我本来就不该出生,当时我刚一到人世,就意识到自己会一生孤苦伶仃,于是选择当场死亡。"他微微点着头,说:"这一点我能够理解你,但你不要责怪母亲,你要试着去理解她,她种了很多芦苇。"妹妹说:"让她种吧,芦苇丛才是她的家。"

听到几声刺耳的喇叭,他赶紧松开手、睁开眼睛,可还是晚了,一辆白色的小车已翻到路坎下。车是因为避让他而翻的,他心里浮起一丝愧疚感。他跳到路坎下,从半开的车窗看去,驾驶员趴在方向盘上,额头全是血。他喊了两声,驾驶员没有回应,摇摇其肩膀,还是没有回应。他把驾驶员的头搂过来,用手指探鼻息,已经没有气了。他一屁股瘫坐在地,无声地哭起来。车里的手机响了,他爬起来找,找了半天才找到,是驾驶员的妻子打来的电话。他滑动屏幕接听,手机传来熟悉的声音:"宝贝已经退烧,还有半瓶药就输完液了,你不用急,开车慢一点。"是隔壁女老师的声音,他"嗯嗯"两声,赶紧挂断电话。他想:我要伪装成她丈夫,赶去医院给她安慰。他回到路上,急匆匆往前走,走着走着奔跑起来。

他是被摇醒的,发现自己躺在床上,女外卖员站在床边对他笑。他坐起来揉揉眼睛,问道:"我的梦还没有完全醒吧?"她点点头,说:"没有,你只是回到另一个梦里。"他说:"我在刚才的梦中奔跑,现在感觉非常累。"她说:"我也常常这样,唱一首歌就好了。"见他仍喘着气，她说："要不这样吧，我们来合唱一首歌。"他兴奋地下床，清清嗓子，和她一起唱道：在这月明星稀的晚上，我们谈起自己的理想……

歌唱完后，她问："现在还累吗？"他说："好多了。你的小说写完了吧？"她羞涩地点点头。他说："我想看看结尾是什么。"她指着电脑屏幕，笑着说："请看。"他过去坐下来，习惯性做一次深呼吸，打开文档，拉到末页，末页只有两句话，也就是小说的结尾。他往前凑近些，读出来："很多时候，梦是现实，现实也是梦，何必区分得那么清楚。想到这他揉揉额头，终于舒服一些。他起床走到窗前，拉开窗帘看夜空，依旧月明星稀。"

读完后，他仍盯着电脑屏幕，陷入沉思。她双手放在他肩上，问："你觉得我写得怎么样？"他说："不错。"稍一停又说："挺好的。"她笑笑，说："那这篇小说就送给你了。"他手臂上瞬间起一层鸡皮疙瘩。

5

一阵说话声让他完全醒过来，他保持着刚才的睡姿仔细听。说话声越来越近，很快到隔壁房间的门口，语气里透露出轻松和愉快。接着听到掏钥匙的声响，片刻后传来开门的声音，随即又是关门的声音。他知道是隔壁女老师和她丈夫，他们的孩子应该完全退烧了。他们一定很劳累，不一会就睡下了。他集中精力听，没有听到那种响声。

　　他突然想到一句话：等你完全醒来时，才真正进入梦里。他感到头部微微胀痛，分不清这一切是现实还是梦。他爬起来坐在床上，看到一束月光从窗帘边射进来，没有看到少许灰尘在光里飘动，也就没有想到宇宙，而是想到另一句话：很多时候，梦是现实，现实也是梦，何必区分得那么清楚。想到这他揉揉额头，终于舒服一些。他起床走到窗前，拉开窗帘看夜空，依旧月明星稀。

美 人 鱼

欲知后事如何，请听下回分解。我刚说完，晓默就故作生气地说，你这人怎么这样，总是讲到一半就停。我说，我得出去找吃的，我带来的东西都吃完了。晓默说，不就是吃的吗，我给你找去。说着她潜入水中，水面微微动，冒出一串气泡。大概半分钟，她浮出来，水里握着一条鱼，递给我。我看着她长满鳞片的下身，说，我怎么能吃这个？晓默笑着说，这有什么的，我自己有时候都吃。我仍然不伸手接，她用眼缝看我（在黑暗中生活十八年，她的眼睛已经退化成一条缝），那表情好像在说，你不信吗？稍一停，她把鱼头放进嘴里，在尖锐獠牙的咬动下，鱼冒出鲜红的血，尾部奋力地摆动。一分钟不到，整条鱼就被她嚼烂吞下去了，我惊讶得半张着嘴。晓默抹了抹嘴唇，说，味道还可以，就是比虾的浓了些。我说，你不是说平常都吃虾吗？晓默说，哪有那么多虾可吃呀，我得留一部分繁殖，所以有时候也得吃鱼。晓默真是个聪明的姑娘，怪不得她能活到今天。我向她投去赞许的眼神，但不知道她能否看得清（或感觉得到）。她朝我笑笑，又潜入水中，不一会又浮出来，把一条挣扎的鱼递给我，比刚才的那条大两倍。我犹豫一下，伸手接住，鱼尾拍打在我脸上，晓默笑起来。我把鱼头砸在洞壁的巨石上，鱼就不动了。接着我取出随身携带的水果刀，刮掉鱼鳞去除内脏，在洞口生起火，火上盖一块石片，把鱼放在石片上烤。

我没想到还会见到晓默。说实话，我都十几年没有梦到她了，但这并不怪我，要怪就怪时间。晓默消失的那年，我们才十二岁，如今我已经三十，而晓默的容貌仍跟十二岁时一样。那天下午来到洞里，看到水边坐着一位姑娘，凭着背影我就认出来是她，但让她认出我却费了一番工夫。晓默摸着我的左手说，你的第六根手指呢？我有些伤感，说，去医院切掉了，切掉以后我就经常感到孤独。晓默试着安慰我，说，孤独是常有的事，我还不是孤独，所以我常对着石头说话。顺着她的手，我看到一块蓝色的石头，洞里的石头都是灰色的，唯独这一块是蓝色。晓默说，它以前不是这样的，自从我对它说话以后，就慢慢变成了这样，对于石头来说，孤独才是最可怕的。想不到晓默对石头也有着独特的研究。其实我也研究过石头，我读初中的时候，父亲用马车从后山拉回一车车石头，建了几间房。我说，晚上我总是睡不着，墙壁上的石头一直窃窃私语，时不时还互相推挤，弄得房子摇来晃去的。晓默说，你当时应该告诉你爸。我说，告诉我爸有什么用，他拉回最后一车石头，马就累死了，从此以后他就听不见任何声音。晓默说，对不起，我们还是别谈论石头了。

你在发什么呆，我好像闻到一股奇怪的味。晓默推推我，我回过神来，鱼烤焦了，我赶紧过去翻动。晓默突然语速极快地说，是鱼烤煳了吧，我想起来了，这是煳味。我点点头。晓默瞬间哭起来，我疑惑地看着她。她边哭边说，我六岁时学煮饭，把一锅饭全煮煳，我爸打了我一顿，打得我屎尿都出来了，我妈哭着把我抱去厕所，他一脚踢在我妈的屁股上，我妈一个趔趄，和我摔进粪坑里。我努力在记忆里搜寻，搜寻了一会，说，其实那天我听到你哭的。晓默止住哭声，擦掉眼泪，说，听到又怎样，也不能怪我爸，要怪就怪那时候的米太金贵了，你知道吗？我说，我当然知道，我还记得我爸去上粮，粮库的人说我家的谷子不干，我爸争辩几句，被他们推搡出来。晓默说，别提这些旧事了，一提起我就想哭。停了停她又说，不过哭哭也好，我已经好多年没哭了，所以眼睛才逐日地缩小。

鱼烤熟了，我迫不及待地撕下一块肉塞进嘴里，味道鲜美。我撕下一块递给晓默，她没伸手接，而是凑过来用嘴咬住。晓默嚼两下，吐出来，捧起一捧水漱口。我以为她是觉得烫，可她却说，我不喜欢这种味道，这是死亡的味道。我无声地笑笑，继续吃美味的鱼肉（我目前还觉得这是美味），最后我把整副鱼骨放进水中，它扭动几下，往深处游去。我趴下喝几口水，感觉到肚子微微胀。晓默说，吃饱喝足了，继续讲你的故事吧。我想了一下，问，刚才我讲到哪了？晓默说，讲到你妈跑了。我有些尴尬，说，我的记忆越来越差，有时候刚说出口的话转瞬就忘。晓默说，不用担心，我们忘记的每一句话总有一天都会重新想起。我点点头，清清嗓子，继续讲刚才的故事。

你还记得我家那匹马吗？哪匹？我家只养过一匹马，就是累死的那匹，白色的。噢，想起来了，是跟西梅家买的，那时候它还非常小，不能拉车。嗯，后来长大了。我妈没跑之前，每天都割一箩草回家，马吃得肥肥的。我妈跑了以后，没人割草，马天天都拴在竹林里。一天晚上，它咬断缰绳，沿着竹子爬上去。这应该是你的一场梦吧？不是，马在梦中不可能笑的。它在竹子上，饿了就吃竹叶，吃饱了就睡，醒来就朝着我爸笑。有一天它把竹叶全部吃光，不得不回到地面上，我爸就给它架上车，每天教它拉一个小时的车。你偏离了重点，没讲你妈是怎样跑的。噢，这个，我妈生下我完全就是一场梦，有一天她醒来，觉得我不是她生的，就悄悄跟一个卖米粉的小商贩跑了。你爸去找过她吗？没有，我爸还希望她走远一点，因为那时候她已经病得很严重，常常在深夜提着镰刀念念有词，不时放声大笑。

这样说来，你是你妈的一场梦，可你妈怎么会随意抛弃自己的梦呢？晓默，你已经不了解人世，在人世里，梦醒来是很痛苦的。

晓默估计坐累了，浮在水中摆动着双腿活动身体。长时间在水中游动，她的双腿长满灰白色的鳞。稍一停，她朝我笑笑，潜入水底。晓默，晓默，你在哪里？我像当初那样呼唤。那时候晓默瞬间潜入水底，起先我还笑着说看你能憋多久，但时间一秒一秒地过去，她一直没有出来。晓默，晓默，你在哪里？我惊慌失措地呼唤，没有任何回应。我也跟着潜入水底，一团一团的黑色从深处冒出，拼命把我往上推，我喝了几口水，浮出水面。晓默估计被水里的怪兽吃掉了，我一阵恐惧，头发根立起来，哭着走出洞口。我们的两捆柴靠在洞边，我无法扛两捆柴回家，于是就放火把晓默的那捆烧掉了。晓默失踪的事情很快传遍整个寨子，年龄相仿的几个小伙子把我叫到一边，带着不怀好意的笑纷纷问我。六指，你是不是先奸后杀？六指，你是怎样把她骗到洞里的？六指，做那事的感觉怎样？……大人们在我的带领下点着葵花秆来到洞里。晓默，晓默，你在哪里？只有回声在洞里古怪地响，渐渐变小。晓默的父亲和我父亲先后潜入水底，皆一无所获地出来。最后走出洞口，看到那捆燃烧成灰烬的柴，晓默的父亲才突然大吼起来，你怎么把她砍的柴烧掉了？我被他的声音吓得直发抖。我父亲走过去拍着他的肩膀安抚道，小孩子懂什么，别吓着他，我让他赔你一捆就是了。水面平静，一丝涟漪也没有。晓默，晓默，你在哪里？我又像当初那样呼唤。晓默忽地冒出水面，朝我笑着。

你差点又把我吓坏了。我不过开个玩笑而已。当初也是开玩笑的吗？是的，但那时候不懂事，那个玩笑开得太大了。我一时说不出话来，晓默她不知道那个玩笑给我留下好长时间的阴影。你又在想什么呢？我在想，那究竟是梦还是玩笑。肯定是玩笑，自从开了那个玩笑，我就再也不会做梦，所以我才对梦如此好奇。你就生活在梦中，你还想做什么梦？我有些不高兴，转过脸去。晓默看出我的不快，游回岸凑到我身边说，别这样，有一天你会明白的，我不得不那样做。不会，我永远也不想明白。我赌着气，不理她。蜡烛就在此刻熄灭了，那块蓝色的石头极其耀眼。晓默说，我们还是睡觉吧，兴许睡觉能让我们开心起来。

晓默很快睡着了，轻微地呼吸。我一直睡不着，总觉得父亲在洞口朝里张望。父亲曾经对我说他年轻时洞里没有水，有一次连续下一个月的大雨，有人无意中到洞里来，就看到了水。我们小的时候，时不时会有闲得无聊的人点着葵花秆来洞里探险（其实是洗澡），自从晓默在洞里失踪后就没人来过，我是在荒草杂木中走一个小时才到的，衣袖都被刺剐破好几处，想不到一到水边就见到晓默（那时候我并没有惊讶，也没有害怕，在洞里遇到一个人总比什么都遇不到好）。原来晓默她并没有失踪，只是开了个玩笑而已。我翻身坐起来，打燃打火机，转头去看晓默，她伸手挠挠额头，翻一下身，继续睡。我的烟瘾又发作了（以前很多个失眠的夜晚，我就坐起来抽烟，有时候一直抽到天亮），但那天跑得急，只带了一条烟，都已经抽完。嘴里苦得难受，稍一停，我取出水果刀，剃下一撮头发，放进嘴里嚼，最后吞下去。

我依旧觉得父亲在洞口朝里张望，便起身往外走去，洞口除了杂草和乱石什么也没有。天快黑了，天边浮着暗灰色的云，好像正往这边飘过来，风疯了一般地吹，忽左忽右，不时听到树枝断裂的声音。我又剃下一撮头发放进嘴里嚼，不小心割破手指，血不停地往外流。我回到水边，点燃一支蜡烛。不一会晓默醒了，她揉着眼睛问，你没睡？我点点头说，刚去洞口看，天快黑了，看样子要下雨。晓默突然看到地上的血，指着血问，你在跟我开什么玩笑？我说，开玩笑要受到惩罚的，我才不会开玩笑。什么惩罚？你自己还不知道吗？晓默转过脸去，寂寂的样子。我觉得有点过了，不该说这话气她。为了挽救，我把还在滴血的左手伸到她面前晃晃，说剃头发不小心割到的，然后剃下一撮头发递给她，问，要嚼吗？像槟榔一样。她厌恶地推开。我说，不要生气了，生气会让人更加孤独的。我没生气，我只是在想我父母和我弟。那天见到晓默我就想给她讲讲她的家人，但她说不想听，怕听了以后会很痛苦。现在我犹豫着，还是给她讲了。你爸和你妈老了很多，但他们都过得很幸福。是吗？是的，你弟初中毕业去打工，几年后从云南娶回一个媳妇，生了个女儿，你妈每天都教她唱歌。唱什么歌呢？这，我没注意。晓默沉默着，稍一停唱道：木马木马摇摇，宝贝宝贝笑笑，快点快点跑跑……唱完后羞涩地笑着说，我妈以前教我的。稍停片刻又问，我妈他们经常谈起我吗？我抬头望着洞顶，回想了一会，说，我好久没听到他们谈起你了，只是有一次听你妈说你弟的女儿长得像你，估计是你投胎的。我笑笑，接着说，他们不知道你还活着。晓默抿嘴笑着，望向那块耀眼的蓝色石头，笑在她脸上凝固了一般。我又剃下一撮头发，但已经觉得饱了，便把头发放进水中，一只肥胖的鱼张嘴咬住，转身游走了。

我坐过去，抱住晓默。许久后她突然发笑，说，你好像是第一次抱我。我也笑笑，说，我以前对你没有过不轨的想法，包括那天和你进来洗澡。大概是因为那时候你还不懂男女之事。不，我只是不想失去你这个朋友，失去你，我就没有朋友了，当时他们都说我是怪胎，不愿意跟我一起玩。晓默抚摸我左手大拇指根处外侧，说，就是在这里吧，现在看不出这里曾经长着第六根手指。我说，现在的医学太发达了。你的手还在流血。不要紧的。不痛吗？不痛。我愣了一下，确实没感觉到痛。我突然怀疑，你的第六根手指是你自己切掉的。我笑着说，真后悔花钱去医院，早知道不痛就自己切了。突然听到牛叫马鸣，混乱成一片，我下意识地四处看。晓默笑着说，下雨了，只要外面下雨，洞里就会听到这种声音。我想起初中时看过很多关于神秘事件的书，看来那些书的作者不是乱编的。洞里的声音越来越大，估计外面的雨也跟着增大，好像还有风吹进来，很快蜡烛灭了。我和晓默紧紧地拥抱，我在黑暗中探寻到她的唇，吻上去。

醒来已是中午，我来到洞口，只看到一半太阳，另一半不知哪去了。正感到疑惑，突然听到晓默喊我，我赶紧回去。她拿着两条鱼，递一条给我，我掏出水果刀，又准备开膛破肚。晓默说，把刀放下，像我这样。说着她咬下鱼头，嚼得咯吱响。我说，我不行。晓默指着我，故意用吓人的语气说，你敢动刀，就给我滚出去。我想，如果经常在洞口烧火烤鱼，烟上升会暴露自己的行踪，便收回了刀，朝晓默笑笑，学着她咬下鱼头，吃起来。一条鱼很快就被我吃完，其实也没有想象中那么难以下咽。晓默看着我，满足地偷笑。我用手把水撩在她脸上，她躲闪着，趁我不备把我拉入水中。我们嘻嘻哈哈地打起水仗，闹一会都累了才停下。晓默说，讲故事的时间到了。我说，今天讲点什么呢？细想一会，我说，对了，我给你讲讲我爸。晓默点点头说，嗯，我觉得你爸的故事应该很神奇。

那天晚上为了庆祝拉回最后一车石头，我爸捧两捧苞谷粒给马吃，马吃完后喝下半盆水，我爸把它关进圈里。我去马圈边撒尿的时候，看到马躺在地上，马一般不会躺下，除非生病或者特别累，于是我赶紧回屋里告诉我爸，我爸已经睡下，他说，没事，它只是太累了。第二天早上我爸起来，把我喊醒，问道，你今天早上听到鸡叫没有？我疑惑地看着他，那时候我还不会失眠，一般都睡得很死。我爸说，你喊我一声。我揉着眼睛，摸不着头脑。我爸又说，我好像听不到声音了，你喊我一声，看我能不能听得到。我喊了几声爸爸。他问，你喊了吗？我点点头。我爸掏掏耳朵，平静地说，真的听不到了，我早就知道会有这一天的。是的，他那时候表现得很平静。说着他走出房间，不多时听到他的喊声从马圈传来，说我们家的马死了。我赶紧起床跑出去，马闭着眼睛瘫睡在地上，我摸摸它的脖子，硬邦邦的，应该是半夜就死去的。我才想起来，昨夜在睡梦中模糊地听到几声马叫，我想那时候我爸就已经失聪，要不他一定会起来看，因为他的睡眠浅。

讲到这里，突然听到外面有说话声。我想，警察终究还是来了，苦笑着对晓默摆摆手。她用手指在嘴边嘘一声，示意我和她一起搬开那块蓝色的石头。石头很重，我们用尽全力才移动一点，我拼命地挤进去，脸部被擦伤。我们又用尽全力把石头合上，没合严实，有一条细小的缝，仍能看见外面。晓默把蜡烛吹灭，沉入水底。说话声越来越近，好像已经到洞口。女声：有人在这里烧过火。男声：早就跟你说过，经常有人过来，不用怕。我从缝隙往外看，黑漆漆的，但不一会，一束光射进来，很快一对男女出现在我眼前，穿着普通衣服，虽看不清脸部，但估计不是警察。女声：有蜡烛、烟头。男声：是来这里洗澡的人留下的。女人突然惨叫一声，我定睛看去，男人左手抓住她的头发，右手握着刀疯狂地刺进她的脖子。女人惊慌地求饶，声音很乱，听不出在说些什么，求饶几句就没有声息了。我想起阿杜，阿杜是个矮个子的女老师，那天我猛地抓住她的头发，取出水果刀刺进她的脖子，她就是这样求饶的。半分钟后她倒在我怀里，大张着嘴，眼睛惊恐地看着我。我很后悔，当时我应该把速度放慢一点，听听她到底说了些什么。听到水声，我回过神来，那个男人蹲在水边洗刀。清洗干净后，他换衣服，把脏衣服盖在女人的身上，点燃，然后提着手电筒出去。我很赞赏他的做法，当时我应该把阿杜烧掉的。如果烧掉就好了，警察会以为她是因火灾而死，我就不用逃了。可如果那样做，我就不会来到这里见到晓默。我顿时感到有些难受。

　　晓默浮出水面，撩水把火浇灭。我们又用尽全力搬开石头，我拼命地挤出来，又用尽全力合上。晓默对我说，你出去看看。我来到洞口，太阳恢复完整，开始偏西，一个背影在荒草中渐行渐远。那天我离开阿杜的宿舍，太阳的位置好像就和今天一样。我走出空荡荡的教师宿舍楼，在街上看到几个住校生，估计是翻围墙出来的，他们正抽着烟，看到我后一溜烟跑了。那时候我无声地笑笑，在心里说，以后你们再也见不着我了。晓默喊两声，我才回过神来，回到她身边说，远去了。我点燃蜡烛，火只烧了女人的脚，烛光照亮她的脸，看样子四十来岁。晓默说，帮我搬去暗室吧。我抬着女人的头，晓默抬着脚，我们在水中往暗室游去。我的水性很差，喝了一口水，晓默则在前面轻而易举地游着。游了二十多米，看到一个小洞，晓默示意我进去，我钻进去，看到里面坐着五个人体骨架。晓默说，忘记告诉你了，这洞里有过几次杀人案，尸体都是我搬进来的。我们把女人放到第五个骨架的旁边，给她摆好坐姿，然后晓默熟练地脱下她的衣服，笑着对我说，我穿的衣服都是这样来的。

晚上我和晓默相靠着坐在水边，我正准备给她讲故事，突然听到暗室里传来哭声。晓默说，刚死去的人觉得心不甘，都会哭。哭声轻微细小，却狠狠撞击人的心底。我说，我们过去安慰她吧。晓默坐着不动，说，还是别去了，她哭够以后会自己停下，安慰一个死去的人没用，而且你越安慰，她就越痛苦。我说，看来死人也和我们一样，都是用哭声来表达痛苦。晓默说，我们哭过后，痛苦就慢慢消失，而死人哭过后，痛苦则慢慢传遍全身，所以身上的肉才会腐烂，最后只剩下白森森的骨架。我突然无比激动，说，晓默，肉体一点点腐烂，骨架一点点露出，这是何等的孤独呀。是呀，痛苦、孤独和梦是紧密联系在一起的。晓默说着往我怀里蹭，我顺势把她抱住。很久后，死人的哭声才停止。晓默已经入睡，我把她放在水面，自己在石头上躺下。翻了几次身，一点睡意也没有，又开始感觉父亲在洞口朝里张望。我坐起来，剃下一撮头发放进嘴里嚼。我越嚼越清醒，失聪后的父亲又浮现在脑海里。

聋子，你也会砌墙？父亲嘿嘿笑。你这墙砌歪了，拉一根线吧。父亲嘿嘿笑。那人手舞足蹈地比画着，父亲摆摆手说，我用眼睛。说着他丢下烟头，把头靠在墙壁上，闭上左眼看一会，取下一块石头，用锤和錾子修几下，又放回去。聋子，你家六指考上高中了？父亲嘿嘿笑。别让他读了，让他去打工吧，能给你挣回很多钱。父亲嘿嘿笑。去报到的那天早上下着毛毛雨，我们扛着行李走到镇上已是两脚泥巴，父亲拉我来到草地上，我学着他把鞋的边沿在草丛中擦几下，鞋子就变得干净了。我们坐班车到县城，问路走到学校，几个老师正在吃盒饭。一阵饥饿袭来，我吞吞口水，才意识到已经中午。我和父亲把行李放下，远远地看着老师们，"报名处"三个字很显眼，我们不敢上前打扰，心想等他们吃完饭再去。一个高瘦的老师注意到我们，站起来招手，喊道，是报名的吗？过来登记。父亲看到老师招手，赶紧掏出烟，跑上前分给他们，嘿嘿地笑着，我提起两袋行李跟上。我收到大学录取通知书那天，父亲哼着苗族山歌满寨子转悠。聋子，什么事让你高兴成这样？我家六指考上大学了。聋子，你听到我说话了？我家六指考上大学了。聋子，别总昂着头，走路得看着路。我家六指考上大学了。聋子，这回你可以享福了。我家六指考上大学了。第二天早上父亲爬到山上找野蜂蜜卖，找到中午时分摔下山。最先带来父亲摔亡消息的是一个放牛的小男孩，他喘着气跑回寨子，见到我时停下来，因惯性还险些摔倒，站稳后激动地说，你家聋子摔死了。最后，在高中班主任的鼓励下，我还是去办了助学贷款，踏上开往大学的火车。一个高中女同学去送我，她不停地挥手，跟着火车跑，但很快就被抛在后面，她突然蹲下身去，蒙着眼睛哭起来。

我是被晓默摇醒的。我感到背上隐隐发痛，转身一看，才知道昨晚是靠着一块凸起的石头睡去的。晓默笑着说，快给我讲讲你的梦吧。我惊讶道，你怎么知道我做梦了？我醒来好久了，一直在观察你，发觉你的眼皮和嘴唇一直在动，这不是做梦是什么？我不得不再次承认晓默是个聪明的姑娘，我甚至对她有点敬佩起来。我的梦中首先出现一匹白马，它在树林里神情悠然地啃着低矮的草。我想起我妈，她走之前曾对我说，要是在树林里遇见白马，就追着它跑，跑到一座坟前，挖开坟，揭开棺材，里面就是亮堂堂的黄金。梦中的我有些激动，跺脚吓马一跳，马拔腿往前跑去，我赶紧追上。跑到一座长满荒草的坟前停下来，我取出水果刀开始挖掘，最后挖到几根白骨，我知道是我爸的。白马突然朝着我大笑，我发现正是我家曾经养的那匹马。你说怪不怪？晓默没有回答这个问题，而是说，我还是羡慕你能做梦，想什么就可以梦到什么。我觉得头有些沉，摇动几下说，可是梦醒后的感觉不好受。晓默说，那就讲讲你的故事吧。说完她拍拍我的肩，像是给我安慰。我做一次深呼吸，不知道讲些什么，又靠在凸起的石头上。靠一会，我直起身来说，对了，就给你讲讲我的大学生活吧。晓默点点头。

刚进入大学不久，我好像患了轻度抑郁，觉得这一切都不是我想象中的大学生活。我给那个高中女同学打电话，说我想退学。她也不善言谈，一直说，你千万别退，好好在大学里等我，我补习一定认真学，明年九月份我们在大学校园相见。挂断电话后我哭了，比父亲摔亡时哭得还厉害。三个室友围拢过来，问我到底怎么了，我摇头不答。最后他们把我拉去烧烤店，说没什么事是酒解决不了的。你就是在大学里学会喝酒的？是的，还学会抽烟。后来你和那个高中女同学在大学相见了吗？没有，她补习还是没考上大学，给我打电话哭了一场，去浙江打工，两年后就嫁在那边了。如果她考上大学，你就和她恋爱了？也许。那你和其他女生恋爱了吗？没有，估计是家庭影响我的性格，我不会跟人交往，特别是女生，记得大四那年，有个学妹对我说想去镇远玩但没人陪同，我让她找她的同学陪，她说她的同学都去过了，我想了想说镇远也没什么好玩的。后来呢？后来，就没有后来了。你傻呀，竟然不懂她的意思？那时候确实不懂，但应该是我的钱包不允许我懂吧。我们沉默下来。年幼时，我家和晓默家是寨子里最穷的，别人家最起码在秋收时能吃上米饭，而我们两家秋收时吃混合饭（一半大米和一半苞谷面混合煮成），平时全吃苞谷饭。沉默许久，晓默说，你大学没谈恋爱，感觉孤独吗？我说，孤独，但有什么办法？晓默问，孤独的时候你梦到过我吗？我没有回答，陷入沉思。晓默好像有些不高兴，回到水中，慢慢地转着圈。稍一停，我剃下一撮头发，放进嘴里嚼。

晓默我明白了我们都是孤独的因为我们被石头包围着你看我们的上下左右都是石头它们正逐日地朝我们挤压过来总有一天会把我们的身体挤压破碎然后我们就在痛苦中消失我们的骨头也会消失只是时间长短而已时间

始终都是残酷的晓默这世界上的一切都是假想出来的等有一天假想不再存在那就什么都不存在了世界又回到最初的模样晓默整个人世都是一样的在外面也好不到哪去在外面的人也会孤独只是他们已经习惯他们还刻意用石头建造成房子生活在孤独中他们在孤独中做爱在孤独中怀孕产生孤独的下一代晓默这是没有办法的我们逃离不了孤独晓默你以为地球就不孤独吗地球被那么多星球包围着大部分星球也是由石头组成所以宇宙中孤独是无处不在的孤独是永恒的但仍有少数人不愿服输一直在跟孤独抵抗尽管这种抵抗犹如杯水车薪……

进餐时间已到。听到声音，我回过神来。晓默抱着一条硕大的鱼，对着我笑。你在胡思乱想什么？我摇摇头。看，我费好大劲才抓到的。晓默腾出右手拍鱼的肚子，鱼又奋力挣扎起来。我赶紧过去帮忙，但鱼挣扎得很厉害，我们无从下嘴。我一狠心，把鱼从晓默的怀里抢过来，把它的头猛撞在巨石上，撞两下它终于安静。晓默有点责怪我，一直说我不应该这样。尽管她心里不快，但我们还是一起把那条鱼吃完了。

你去看过心理医生吗？晓默突然问。我顿时一惊，想不到她会问这个问题。我对关于心理的字眼很敏感，这大概是因为我三年内跟五个同学闹过不愉快，和其中三个还打过架。有一天下午，班长给我打电话，让我去心理学老师的办公室一趟。我当时心跳加速，反复问班长有什么事。班长说，没事，只是约你过来聊聊天。挂断电话，我坐在床上犹豫十来分钟，还是忐忑地去了。班长和心理学老师正在说笑，我敲门打着招呼走进去。老师微笑着指沙发让我坐下，班长起身去给我倒水，再坐一会他就借故走了。那是我跟老师聊天时间最长的一次，从是否喜欢这座城市聊到对未来有什么打算，临走时老师对我说，你是个非常优秀的小伙子，以后有什么事可以随时来跟我聊。我后来没有去找过他，我知道这是班长和他设好的圈套，他们把我当成了病人，虽然我知道这是好意，但心里面多少还是有点不舒服。晓默摇摇我，说，发什么呆呢？回答我的问题，你去看过心理医生吗？我说，算是去看过一次。医生怎么说？也没怎么说，就是瞎聊而已。我不想谈论这些，赶紧转移话题。

晚上我和晓默做爱，我们的动作过大，她腿上的鳞掉了好些。完事后我靠石头坐着，晓默蹭到我怀里。烟瘾又发了，嘴里苦得很难受，我剃下一撮头发放进嘴里嚼，不小心又把手割破了。我把几滴血滴在水中，一群五颜六色的虾围过来，有拳头般粗的，也有小指般细的，看着很可爱。很快血就被吸光了，我索性把手放进水里，让这些虾吸个够。晓默抬头看我，故意装作很厌恶地说，令人讨厌的烟鬼。我摸着她的肚子，笑着说，让人喜欢的美人鱼。晓默突然问，你说我会怀孕吗？我吞下头发，说，会，然后生下一群小美人鱼，在水中游来游去。晓默咯咯地笑，轻轻捶打我的胸口。

晓默睡着后，我越发清醒，感觉父亲一直在洞口朝里张望。我逃到洞里之前，还是去坟边给父亲上香烧纸的，因为我不知道以后还有没有机会，烧纸的时候忍不住流出眼泪。我想把事情告诉父亲，但犹豫一会没有说，说了他也听不见。我取出水果刀，依旧锋利无比，靠近刀把的地方还有一点血迹，我在裤子上擦净后又放回去。父亲的坟被杂草包围着，我想割掉杂草，但最终没有割，我藏在其中，待香燃尽，就逃往洞里。我想，过段时间出去，再悄悄买点香、纸烧给父亲。

晓默醒来，惊讶地说，你昨晚上一直没睡？我神情迷茫地点点头。晓默说，你的头发都快被你吃光了。我本想开玩笑说头发是烦恼丝，吃光了最好，但没有说出口，我感到胸口很闷，心里一阵一阵地痛。晓默看出我难受，过来抱住我，抚摸我的头，说，别吃了，别吃了。我躺在晓默的怀里，闭上眼睛，不知不觉就睡着了。不知睡多久，晓默把我喊醒，问，好点了吗？我坐起来，说好多了。看到我确实比刚才好多了，晓默便笑着说，你刚才一直在说梦话，我好久没听到别人说梦话了，感觉好有意思。我也笑笑，问，我刚才说了些什么？你说得吞吞吐吐的，好像是说冤家路窄。我开始回想我的梦，我好像做了几个梦，其中一个梦到暗室里的那个女人，她用手捂着脖子的伤口，但血还是疯狂地冒出。我说，我们去暗室看看那个女人吧。晓默说，别去了，快给我讲讲冤家路窄的故事。于是我给晓默讲我杀害阿杜的经过。

刚讲完，听到外面有说话声，难道又是一场杀人案？我和晓默又赶紧移开那块蓝色的石头，我拼命挤进去后又合上，晓默吹灭蜡烛沉入水底。说话声越来越近，强烈的光射进来。我剃下一撮头发放进嘴里嚼。石头依旧没有合严实，我从缝隙看去，首先看到一个光头男人，穿着红马褂，双手被拷在背后，由两个警察押着，后面还跟着好几个警察，有的拍照，有的做记录，我知道这是指认现场。一个警察问，尸体在哪？男人说，烧掉了。警察说，在哪烧的？男人用脚指那天女人倒下的地方。警察问，怎么一点痕迹都没有？男人说，这我就不知道了。我把嘴里的头发吞下去，又剃下一撮头发放进嘴里，这是最后一撮了。一个警察四处张望，很快发现缝隙，石头被搬开，强烈的光射进来，我的眼睛几乎睁不开。大概半分钟，一个警察笑起来，说，原来你在这里，我们找你好久了。他们把我全身上下摸一遍，搜走水果刀和打火机。暂时没有手铐，两个警察把我的手反扭到背后，用绳子捆住，一左一右地押着我。

一个警察朝我吼道，嘴里嚼的是什么？吐出来。我准备吞下头发，他赶紧捏住我的脖子，另一个警察把一个塑料袋撑开，放在我下巴处，说，吐出来。我看到塑料袋是白色的,便把头发吐进去。那个男人突然问我,你看到尸体没有?警察朝他吼道,闭嘴!我说,尸体被搬去暗室了。警察问,暗室在哪?我想用手去指,但发觉手动不了,便朝暗室的方向努努嘴。一个警察脱下衣服裤子,用绳子捆住腰部,把绳的一端递给另一个警察,朝着我努嘴的方向游过去,一会后听到他喊,尸体在里面。男人讲了他杀害女人的过程,我讲了搬运尸体去暗室的经过。领头的警察很快做出决定,由四个警察把我们押出去,其余的留下来处理尸体。我对警察说,我要跟晓默道别。警察问,晓默是谁?我说,晓默是美人鱼。我朝着水中喊,晓默,晓默,你在哪里?一点回应都没有。我说,晓默从小和我一起长大,她十二岁那年开了个玩笑,留在水中生活,变成美人鱼,现在她沉在水底不敢出来,因为你们吓着她了。警察押着我往外走,我急得哭起来,说,我一定要跟晓默道别,我怕以后没有机会了。押着我的一个警察说,走吧,听话一点,否则我们就不客气了。晓默,晓默,你在哪里?我又喊道,还是一点回应都没有。那个领头的警察过来拍拍我的肩膀说,这里没有美人鱼,你只是产生了幻觉,快走吧,出去就好了。我仍不走,一个警察踢我两脚,强行把我连拉带推地押出去。

走到洞口,那个男人突然对我说,我认识你。我止住哭声,茫然地盯着他。他又说,我认识你,你是我女儿的班主任。我看着他，轻轻摇头。男人突然兴奋起来，不断找话题跟我聊。他说，想不到我们俩会以这种方式在这里见面。我只顾往前走，没有回答。稍一停，他又说，都是因为我去投案自首，要不我们不会这么快就见面的。我来了兴趣，问，你是投案自首的？男人说，是的，我做了一整个晚上的噩梦，感到很痛苦，就去自首了。他又问我，你呢？你感到痛苦吗？我点点头。那你为什么不去自首？我没有回答，我又想到晓默，她现在的情况怎么样呢？男人是个话痨，又问我，那个女老师真的是你杀的？一个警察朝他吼道，你有完没完？我转头看着男人，说是的，那个矮个子的女老师，姓杜，大家都习惯叫她阿杜。刚才的那个警察又朝我吼道，闭嘴！我说，你就让我说出来吧，要不我心里很痛苦，我这几天过得像梦一样。押着我的一个警察和气地说，到派出所再说，到时候我们给你足够的时间，你想说多久都行。

我抬头看向远处，野草深处先后飞出两只野鸡。一阵风从山下吹来，野草发出轻微的声响。我一眨眼睛，似乎看到一个老人和一匹白马，白马慢慢地吃着草，老人坐在一边悠闲地裹叶子烟。我再仔细看，老人已经点燃叶子烟，起身朝我招手，无声地喊着什么。稍一停，白马抬起头，直盯着我，看着看着它突然放声大笑起来……

隔 壁 房 间

有一个无名的女孩,她头发齐肩、脸色苍白,在夜深人静时来看我。她出现在后窗时,我侧身躺在床上,全身无法动弹,但大脑却无比清醒。房间和窗外漆黑一片,但我能清楚地看到她,她用手语告诉我她没有名字。此前我从未遇到过无名之人,因此感到非常惊奇,想着要问点什么,可无论我如何努力,声带都不能运作。她似乎看出我的疑问,于是接着打手语,说母亲生她时难产,死之前给她取了名,随着年龄的增长,名字变得愈加动听,容貌却没有因此而变漂亮,这个动听的名字嫌弃她,认为她不配叫这个名,便抛弃了她,从此她就没有名字。这传奇的故事让我入迷。不知过多久,窗外的女孩消失不见,我的右脚突然动一下,我翻过身去,发现身体已恢复正常。

这是一栋废弃多年的工厂宿舍,我是在房东的侮辱下来到这里的。房东是一个身材矮小的中年男人,总穿着过大的西装,和几个女租客有暧昧关系。他紧握拳头朝我挥了挥,然后指着远处的山脚,轻蔑地对我说:

"限你明天中午搬走，就搬去那里住吧，里面住着很多艺术家，你们一定有共同话题。"当天下午我就搬过来了，我扛着行李到达时，有两个男人抬着行李往外走，他们根本不像艺术家，而像是流浪汉。我问："你们这是要搬走?"他们点点头。我又问："这里还有其他人住吗?"他们摇摇头。我心想一个人住着还安静点，便不再理会那两个男人，把行李换到另一边肩膀，径直往里走。二楼楼梯口的铁门是锁着的，我用砖头敲几下没敲开，只能选择住在一楼。整理好房间已是深夜，躺在床上没多久，无名女孩就来后窗看我了。

身体恢复正常后，我无法再进入睡眠，便起床去窗外察看，没发现一丝有人来过的痕迹。我看向远处的城市，依旧灯火辉煌，在这寂静的山里，人容易伤感。借着手电筒的光，我从石缝中拔出几根茅草，一边挥舞一边用口哨吹曲子，看能不能召唤出魔鬼。我在第一个剧本里写到忧郁症患者，每当他伤感时就这样做，最后终于召唤出魔鬼，他吞下茅草跟着魔鬼走了。我吹了几段口哨，看到一个魔鬼在走廊尽头闪现一下，我担心自己会像小说里的主人公一样，便赶紧扔掉茅草回房间，在床上躺下点燃一支烟。走廊上不断传来脚步声，我知道魔鬼一直在徘徊，但我懒得理会。烟抽到一半时，我无端想起年幼时的事。

那时候父亲脾气非常暴躁，时常因一点小事就对我们拳打脚踢，母亲总带着我和妹妹逃到山林，直到后半夜才敢回家。记忆里那些夜晚月光朦胧，我们靠着某一棵树坐下，听着暗处的魔鬼窃窃私语。刚开始我和妹妹很害怕，母亲对我们说："不要紧张，这些都是特殊的魔鬼，是由忧郁的人变成的，不会伤害我们。"我们慢慢就习惯了，妹妹偶尔还朝魔鬼招手，它们发出一阵阵哄笑声。有一次妹妹说："我多么羡慕魔鬼呀，它们总那么开心。"母亲微笑着说："是呀，魔鬼的生活当然好了，要不你就跟它们去吧。"得到母亲的允许，妹妹便朝魔鬼走去，那些魔鬼纷纷出来迎接，围着她跳起苗族舞蹈。舞跳一支又一支，我和母亲静静地看着。妹妹享受于其中，不时朝我们点头微笑，她的脸慢慢变化。最后妹妹完全变成魔鬼，和其他魔鬼一起消失在暗处，我和母亲才起身回家。

我在心里算一下，母亲去世已经九年。我考上大学那年，因为我的学费，父母去工地打工，母亲被高空掉下的砖砸中头部，当场死亡。我靠赔偿金读完大学，回到老家一所中学教书。村里人都说我母亲死得值了，可谁知我却不争气（估计是忧郁作怪），才教三年书就辞职了，为梦想来到这座城市。花半年多时间弄出一个剧本，那个肥胖的导演看几页，直接对我说："年轻人，听我一句劝，改行吧。"我仍不死心，在出租屋里苦熬着，直到欠两个月的房租，被房东赶到这里。这时候想到母亲，心里浮起一丝愧疚，愧疚感渐渐变为睡意，不知不觉我就睡着了。

我做了很多杂乱的梦，大多都忘记了，只记得其中一个。在这个梦里，我置身于一片废墟中，怎么也走不出去。不知走多久，我碰上一个拾荒女孩，她似乎有些近视，看我时总眯着眼睛。在向她问路之前，我先问她有没有名字，她说："当然有了，我的名字叫绿。"紧接着她又说："你放心吧，我不是那种人。"我觉得她的话里暗藏着什么，装作随口问道："哪种人？"她嗫嚅着没有回答。为了避免尴尬，我便向她问路。她说："你不要走直线，这样永远也走不出去，你应该走成圆形，多走几圈就出去了。"我道谢后想留她的联系方式，她摊开两手笑笑说："要不这样吧，我们明天下午三点见，在'午后时光'奶茶店。"我点头表示同意，临走前又看一遍她的面容，我怕明天到奶茶店认不出她。我不知道最终走出废墟没有，我所有的梦似乎都没有结局。

第二天醒来已十点过，我怀疑是饿醒的，肚子一阵一阵地叫。我剩下的钱已不多，一天只吃一餐的话，还能坚持半个月。这里到市区要走二十分钟，我不着急出去买吃的，打开电脑继续写第二个剧本。这个剧本叫《隔壁房间》，主要讲一个男教师辞职的故事。他刚参加工作时，学校安排他住公租房顶楼第二间，晚上他总听到第一间有个女老师边洗澡边哭泣。一次和老教师闲聊,听说以前这间房是一个女老师住,但她跳河自杀去世已多年。当天晚上他就一直在等待,终于隔壁房间传来洗澡声和哭泣声,他出去轻轻敲三下门,稍等一会门竟然开了,第二天他就辞职了。这个故事有我的一些影子,但更多都是虚构的。在电脑前坐几个小时,只写出两句对话,大脑里混沌一片。手机和电脑的电都快用尽,我洗漱后带上它们前往市区。

通过手机导航找到"午后时光"奶茶店,我思虑一番进去点一杯奶茶,给手机和电脑都充上电。奶茶上桌后我看时间才两点钟,决定先点一份炒饭,我不想待会在绿的面前显得很饥饿。奶茶店的面积有点小,桌子都摆放得很紧凑,我一张一张地数,一共十张。奶茶店的顾客除了我还有一对情侣,从他们的穿着可看出是高中生,他们悄悄打量我一会,低声讨论几句什么,然后起身结账走了。这让我有些生气,用手机当镜子照照脸,没发现有什么不对的地方。恰好炒饭上桌了,服务员耳语般地问:"你需要汤吗?"我犹豫着没回答,她又说:"免费的。"我想,既然是免费的,为什么不直接端上来?我说:"那就来一份吧。"几分钟后汤就端上来了,服务员又耳语般地说:"这汤是专为忧郁的人准备的,你一定要好好尝尝。"我抬头看她一眼,她的容貌让我有些惊讶,我问:"你有没有名字?"她似乎不太高兴,立即转身走了。

炒饭和汤的味道怪怪的，但我还是全部用完了。还没到三点钟，绿也没有来，我拿手机闲翻着。系统给我推荐一款软件，能够检测到身边的魔鬼，我没有下载但记下了软件名，也许以后会用到。给两个导演发信息，说我的新剧本快完成了，问他们是否有兴趣看看，一个没回复，一个说没兴趣。我无声笑笑，放下手机，做一次深呼吸，发呆一般陷入沉默。绿是拾荒女孩，绿不是拾荒女孩，这是个问题。梦中的人们都擅长伪装，忧郁的女孩喜欢装成拾荒者。小时候母亲曾对我说，如果在梦中拾荒者邀请你听她唱歌，你要赶紧蒙住耳朵。我问为什么，母亲说不知道，是小时候她母亲告诉她的。幸好昨晚上绿没有邀请我听她唱歌，要不我还真不好意思拒绝。

"你好，我是绿，让你久等了。"一个女孩在我对面坐下，容貌跟昨晚梦中见到的一样。我笑笑，说："没有久等，我也才到一会。"她说："怎么可能，我让我表弟表妹先过来替我把关，他们说你早就到了。"我有些惊讶，问道："你表弟表妹？"她说："是呀，他们伪装成一对高中生情侣，你不会没看到吧？"我顿了顿，有点吞吞吐吐地说："看到了，只是想不到，你竟然如此细心。"她说："面对忧郁的男人，肯定要细心呀。"她把我当什么人了，竟然还这般戒备，为了缓解尴尬，我问："喝点什么？"她朝收银台喊道："一杯奶茶，加冰。"

收银员问:"忧郁味的吗?"她说:"是的。"见我诧异着,她说:"不要见怪,我是这里的老顾客了。"我想,难道她在梦中遇到的每一个男人,都是约在这里见面?这个想法让我感到恶心。她突然说:"你放心吧,我不是那种人。"她猜出我的心思了吗?看来她真是个不简单的女孩。我一时不知道说些什么,沉默让我的脸部发烫。

"我们来谈谈你写的剧本吧。"还是绿打破了沉默。她似乎清楚我的一切,我瞬间感到全身不自在。我没底气地说:"我没有写过剧本。"她笑了一下,说:"别装了,你要是没写过剧本,我约你来这干吗?"我坐直身体望向别处,沉默半分钟后叹一口气,说:"好吧,第一个剧本被枪毙,第二个还没写完。"她说:"那就谈谈第一个吧。"我说:"主人公是忧郁症患者,我觉得他很可怜,所以让他跟着魔鬼走了。"她问:"他变成魔鬼了吗?"每当谈到这个剧本,我就觉得难过,轻声说:"是的,很多忧郁的人都会选择变成魔鬼。"她点的奶茶上桌了,服务员面无表情,又耳语般地问我:"忧郁味的奶茶,你确定不来一杯?"我的奶茶还剩半杯,于是摇摇头,我不喜欢这个服务员,不想跟她说太多话。绿喝一口,说:"要是你早点认识我就好了。"我疑惑地看着她,她接着说:"这样的话,你就可以让主人公每天来这喝一杯忧郁味的奶茶。"我问:"可以治疗他的忧郁症吗?"她说:"谁知道,你都让他变成魔鬼了,也活该你这个剧本被枪毙。"

绿的话让我极其不高兴，但我不想使场面变得难堪，于是转移话题："你是怎么知道我写剧本的？"她含着笑意说："当然是有人告诉我的，要不我怎么会知道呢。"这更激起我的好奇心，问道："谁？"她说："无名之人。"接着她又说："除了无名之人还有谁？"我追问："是那个无名女孩吗？"她说："无名女孩多了，我哪知道你指的是哪一个。"我把来后窗看我的无名女孩描述给她听，她还没听完就说："你是在说你的梦吧，名字怎么会抛弃人呢？"我有点儿生气，说："不是梦，我怎么会做这样的梦。"她说："那我敢保证，她是骗你的，绝对是她自己抛弃了名字。"我说："你怎么知道？"她没有回答，而是神秘地说："晚上你在房间中央点三炷香，闭上眼睛沿着墙壁转圈，速度越来越快，你就会到达一个世界，那个世界都是无名之人。记住，如果有人问你的名字，你一定要说你没有名字，以免被他们发现。待香燃尽后，你就会回到属于你的世界。"我还在咀嚼着绿的话，她拿起奶茶一口气喝了大半，然后把吸管凑到我嘴边，说："你尝尝。"我把剩下的全部喝完。她问："怎么样？"我说："什么味也没有。"她说："忧郁就是这样的。"

有人拍我的肩膀，我回过神来，那个令人讨厌的服务员站在旁边，耳语般地说："你在流眼泪。"我感觉到一滴眼泪从脸上滑下，我准备伸手擦，但它已掉在桌上。服务员用毛巾擦桌子，安慰道："不要紧的，流泪的男人很迷人。"我擦擦眼睛，寻找我的奶茶，可桌上干干净净的，她说："你已经喝完，我就收拾走了，要不要再来一杯？"我摇摇头，感到有些迷糊，问道："绿呢？"她说："什么？"我说："那个叫绿的女孩呢？"她答非所问："你只是太孤独了。"我感到思绪乱糟糟的，突然想朝她发脾气，她却转身径直走入操作间。我趴在桌上轻捏额头，不禁抽泣起来。好一会我才控制住情绪，带上手机和电脑起身去结账，收银员正在用手机看电视，头也不抬地说："结过了。"我没有问是谁结的，赶紧离开奶茶店。果然刚走到街上，一个满脸沧桑的老妇人拦住我，她从怀里掏出一把香，用方言味很浓的普通话说："买一点吧。"

这天晚上我没有写剧本，一直纠结是否点三炷香试试。纠结很久烟瘾发了，我才意识到烟已经抽完，而今天忘记买了。我的烟瘾不是很大，一包烟能够抽四五天，有时候没烟忍忍也能过，可此刻觉得嘴里特别难受。我突然无端地想念绿，像潮水汹涌那般想念，她又到梦中伪装成拾荒女孩了吗？那宽广且无声的废墟，也只有绿这样的女孩才忍受得了。她要守候多长时间才遇到下一个男人，我多么希望她邀请这个男人听她唱歌。啊，那么多忧郁的人，如果都愿意变成魔鬼，所有让人难受的事就迎刃而解了。想到这我终于决定了,掏出火机点燃三炷香,默默地看一会,然后插在房间中央,闭上眼睛沿着墙壁转圈。起先走得不自然,但慢慢就顺畅起来,速度越来越快,在我精疲力尽时,终于到达另一个世界。

我遇到一个不怎么友好的男人,他喷着酒气大声质问我:"你叫什么名字?"我差点就犯错,幸好及时想起绿说的话,我回答:"我没有名字。"他眯着眼睛上下打量我一会,从怀里掏出酒壶喝一口又放回去,摇摇晃晃地问:"你准备去哪寻找母亲?"我想他应该是在说酒话,但我不敢掉以轻心,于是试着问:"你要去寻找母亲吗?"他不耐烦地说:"废话,来到这里,谁不是为了寻找母亲。"我觉得不能跟他多说话,转身欲走时,他又突然说:"我怀疑你还有名字。"我没回应,匆匆往前走了。我注意到,这个无名之人的世界,到处都是一模一样的,永远处于黄昏之中,光线或明或暗。我喜欢黄昏,大学时背过很多关于黄昏的诗词,但是现在我要去哪里?那就去找来后窗看我的无名女孩吧。一路上人烟稀少,远远地看到前方有人,分不清是男是女,待我小跑着追过去,那人已经不见。

我没有找到那个无名女孩,却意外遇到我的母亲。她先认出我并喊我的小名,而我费好大劲才认出她。她全身湿漉漉的,蹲在角落里哆嗦着,我脱下单薄的外衣为她披上。她说:"没用的,坟底有地下水,寒气一直往上升,你要是还有心,就把我的坟迁到别处吧。"愧疚感不由从心底浮起,我已经一年多没为母亲上坟,现在我在她身边坐下来。她用冰冷的手抚摸我的头,说:"这么多年了,你没变多少。"我说:"还和以前一样,有时候会想哭。"她说:"这一点你得改,对了,你结婚了吗?"我摇摇头。她说:"我最放不下的人就是你,你找个女孩结婚吧。"我含着泪点头,顿了顿说:"妈,我先为你把坟迁了再说。"

有人手舞足蹈地走过来,是刚才那个喝酒的男人,我赶紧把脸躲进母亲的怀里,可他还是看到了我,停下脚步对我说:"我真羡慕你。"我懒得理会他,他又说:"我找了整整两年,都没找到我的母亲。"说着他又掏出酒壶喝一口,抽泣几声。我的母亲对他说:"孩子,少喝点酒,你再往前走,兴许就能找到。"他含着泪点点头,踉跄着往前走去,好几次险些摔倒。待他远去后,母亲对我说:"我感到很遗憾,不能看到你结婚,你要听话一点。"她的声音哽咽,说着说着就哭出声来,让我感到鼻子酸酸的,但我忍住了,没有流泪。

我是突然间醒悟过来的,发现自己侧身躺在床上,全身无法动弹,但大脑却无比清醒。房间和窗外漆黑一片,我没有看到头发齐肩、脸色苍白的无名女孩,但我看到房间中央燃着三炷香,就快要燃尽,床边是砖块堆成的桌子，放在上面的手机响着，屏幕显示"父亲"二字。我想伸手拿手机接听，可无论我如何努力，双手都不能动弹。铃声响过两遍就停了，手机屏幕很快暗下去，唯有指示灯一闪一闪的。过一会铃声又响起，还是父亲打来的电话。父亲会不时在半夜给我打电话，总是说他感到很害怕，每次我都安慰他：睡一觉就好了。应该有三个多月没接到父亲的电话了（我也没主动给他打），今晚他反复打来电话，会不会有什么急事呢？想到这我心急如焚，却毫无办法。

不知过多久，那三炷香燃尽，我的右脚突然动一下，我翻过身去，发现身体已恢复正常。父亲一共打来三个电话，手机的指示灯还在闪，我赶紧回电话。父亲一开口就说："我感到非常害怕。"他的语气跟往次一样，应该没有什么大事。我让自己保持耐心，问道："你到底害怕什么呢？找出害怕的根源，才能解决问题。"他说："讲不清楚，就是感到一阵一阵地害怕。"我犹豫片刻，说："不要紧的，睡一觉就好了。"父亲沉默了，我也沉默着。过一会他问："你还能回来教书吗？"这个问题问得很突然，我从没准备过答案，我在心里组织一下语言，说："应该是不能了，但过段时间我就要回家，回去给我妈迁坟。"我们又开始沉默。我和父亲几乎每次通话都会出现这样的情况，最长的一次沉默将近一个小时。还好这一次没这么严重，稍过一会他说："我早就想给你妈迁坟了，那你快回来吧，我明天就请人看地。"

挂断电话后，我试着再次入睡，却怎么也睡不着。我便思考正在写的这个剧本，原计划写到男教师敲开隔壁房门就切换镜头，可现在我觉得应该把他进入隔壁房间后的情形写出来。想到这我猛地爬起来，并没有打开电脑，而是去敲隔壁房间的门。像是早有人在里面等我，门忽地开了。我犹豫一下，用手电筒照亮走进去，迎接我的不是人而是一只老鼠，它在房间里乱跑着，撞了两次我的脚，最后跑进床底下。这是一张废弃的木床，已从中部断开，床边有两个残缺的碗，墙脚有一些杂乱堆放的砖块，天花板的四角有大小不一的蜘蛛网。整个房间看起来很普通，根本没什么异样，只是床底传来轻微的响动，不用想是那只老鼠在作怪。我看着床思虑一番，走过去把床移开，老鼠跳起来险些撞着我的脸，然后从开着的门跑出去。床底下有一个洞，里面有一些枯叶和半张泛黄的纸，应该就是老鼠的窝。我捡起残缺的纸张，只有巴掌那么大，上面有不少细小的洞，好些文字看不清，但仍能看出是一则新闻报道。

新闻的大概意思是，工厂的一个女工被杀死，犯罪嫌疑人带着她的钱财逃了，警方正在征集线索。至于工厂信息、女孩信息以及案发时间，要么该处破了洞要么字迹无法辨认。不过这些我都不好奇，我只好奇最终案件破了没有。新闻的最后一段是：针对这起案件，本报将继续关注并跟踪报道。我向来不喜欢这句话，将残缺的纸张放在地上，打开手机百度，输入几组关键词，没有搜到这起案件的任何报道。这时那个无名女孩出现在我面前，她头发齐肩、脸色苍白，抱着双腿坐在墙脚泣不成声。我蹲下身，轻声问："你有没有名字？"她抽泣着说："以前有的，但现在没有了。"我看看残缺的纸张，又问："报纸上说的这个女工是你吗？"她继续哭着，头微微动似在点头。为了安慰她，我说："不要再伤心，早就破案了，犯罪分子已经受到应有的惩罚。"她抬头看看我，慢吞吞地说："我只是想念我的母亲，她生我时难产死去了，这么多年来我一直在找她，始终没有找到。"此刻我非常能理解她的心情，真想紧紧地把她搂在怀里。

什么声音从门外传来且越来越近，我回头看到十来只老鼠已爬到门口，正虎视眈眈地向我逼近。我想带上无名女孩离开房间，可伸手一拉却扑了个空，墙脚除了砖块什么也没有。我来不及多想，赶紧跑出房间，一只老鼠趁我抬脚时钻进我的裤腿。我在黑夜中没方向地跑，其他老鼠追一会就散了，唯有这只老鼠还留在我身上，它从我的裤裆里经过，在两条裤腿中来回跑着，吱吱地叫个不停。我停下来直喘气，紧握拳头打这只老鼠，可拳头没击中老鼠反而狠狠打在大腿内侧。实在没有办法，最后我脱掉裤子才把它赶下来。我用手电筒照着它，它迅速钻进石缝中。

待平静下来后，我看向远处的城市，又不禁伤感起来。我又拔出几根茅草，一边挥舞一边吹着曲子。这是我自己编的曲子，当时准备用作电影的主题曲，可那个剧本被枪毙了。在这寂静的山里，曲子如泣如诉，我的眼泪不受控制地流出。不一会魔鬼们从四面八方走来，一个矮小的魔鬼带头走在前面，看着有点像我的妹妹。我一眨眼睛，带头的魔鬼跳起苗族舞蹈，其他魔鬼也跟着跳起来。它们兴高采烈地舞动着，不时一齐招手邀请我加入，我忍不住哭出声音来。我把茅草装进包里，回房间收拾东西，我打算连夜坐高铁回家。把母亲的坟迁好以后，我就要变成魔鬼。

我提着密码箱往市区走去，意识到我的钱已不够买高铁票。绞尽脑汁想一会，我决定向三个大学室友求助，毕业分别时我们约定过，以后谁要是有困难，只要说一声，大家就要想办法帮忙。我和他们应该有两年没联系了，此刻我一一给他们发信息，其中一个已经把我删除，另外两个始终没回复。我无声地笑笑，把他们全部删掉。绝望之时我想到绿，可是我没有她的联系方式，只能去奶茶店碰碰运气。我知道这家奶茶店二十四小时营业，原因多半都是因为绿。绿真的是个了不起的女孩，她估计已在梦中的废墟上建立起自己的王国。我想象着她正站在一块巨石上,用双手比作喇叭放在嘴边,大声朝我喊:"加入我的王国吧。"想到这我嘴角露出微笑,加快脚步往奶茶店走去。

奶茶店确实还在营业,只是里面没有一个顾客。收银员正对着镜子化妆,我趴在收银台上看她,看一会她才发现我,吓得起身后退几步,然后说道:"原来是你呀。"我说:"你们不打烊吧?"她说:"怎么会?要不是等你,我现在都在蹦迪了。"我问:"你怎么知道我会来?"她说:"绿告诉我的,说你今晚会过来。"我心底浮起希望,问道:"绿现在在哪?我正想找她呢。"她说:"我怎么知道她在哪,你要是愿意就点一杯忧郁味的奶茶,在这坐着等她吧。今晚你不用付钱,算我请你喝。"我想想,点头表示同意,随便选一张桌子坐下来。不一会奶茶就上桌了,是收银员亲自端来的。我问:"服务员下班了吗?"她说:"什么服务员?"我说:"说话声音很小的那个服务员。"她沉默了大概半分钟才说:"以前倒是有过一个服务员,但后来不知什么原因离职了,现在就我一个人,既当老板也当服务员。"我感到这一切不可思议,但也没再问什么。她又说:"你就在这等吧,我要去蹦迪了,朋友一直发信息来催。"我朝她的背影说:"玩得开心。"喝几口奶茶,我突然有了灵感,打开笔记本电脑,继续写《隔壁房间》。

（惊悚的音乐响起。）门突然打开，男教师犹豫一下走进去，门突然关闭，暗黄的电灯闪几下终于亮了。一具干尸躺在床上，几乎分不清男女，男教师被吓一跳。（音乐停止。）沉默半分钟，男教师问："刚才是你在哭吗？"干尸一字一顿地回答："是的，我身上全是污垢，怎么也洗不干净。"男教师想一下，试着安慰道："不要紧的，这不影响你的美丽。"干尸摇摇头，又轻轻哭起来。

写到这又被卡住，我喝一口奶茶，让奶茶在齿间流动，慢慢吞下。还是写不下去，我关掉电脑装进包里，拿起手机闲翻着。系统又给我推荐那款能够检测魔鬼的软件，我毫不犹豫地下载安装。我带着好奇打开安装好的软件，屏幕上一片漆黑，过一会正中央出现一个白色的小人头，上面提示可以设置姓名，我便输入了自己的名字。设置好以后，人头上出现一个指针，我滑动一下，指针便运转起来。人头的周围慢慢出现一些骷髅，指针转几圈后，骷髅差不多占据了整个手机屏幕。我觉得自己正被一群魔鬼围着，不由得四处看看。虽然没看见魔鬼，但感觉奶茶店里充满异样。我没多想赶紧走出奶茶店，在门口处回头看，玻璃门上贴着封条，店内漆黑一片。

我再也忍不住，蹲在地上大哭起来。有好几个人路过,但都只看我一眼就加快脚步走了。我把脸埋在臂弯里继续哭,不知哭了多久我听到说话声。一个女声说:"是他吗?"男声说:"是的,不会错。"我抬头看到一对情侣,从他们的穿着可看出是高中生。见我抬头,他们忽地消失不见了。我慢慢把情绪控制住,平静下来,起身漫无目的地往前走。我迷迷糊糊地走进一片废墟中,看到不远处有一个拾荒女孩,一个男人走到她面前,问道:"你有没有名字?"我惊讶得张大嘴巴,那个拾荒女孩跟绿一模一样,那个男人跟我一模一样。我瞬间感到一阵头痛,似乎头马上就会炸裂。我全身不住地颤抖,赶紧转过眼去,不愿看眼前的这一幕。

"妈,你放心吧,我爸明天就请人看地,他会为你把坟迁走的。妈,请原谅我的不孝,我没有听你的话,没有找个女孩结婚。妈,你一定要原谅我,我真的忍受不下去了……"我闭上眼睛,慢吞吞地说着,我的声音夹带一股金属味。我已经神志不清,慢慢睁开眼睛,不知道自己身处何方。有那么一瞬间,我想到《隔壁房间》的结尾,依旧让主人公变成魔鬼。想到这我笑一下,从包里掏出茅草,卷起嘴唇吹起那首曲子。魔鬼们很快出现,正朝我走过来,还是那个矮个子的魔鬼带头。我觉得全身轻飘飘的,使劲吞下茅草,迈开脚步。魔鬼们兴奋极了,集体跳起苗族舞蹈,一边跳一边有节奏地呼叫着。我感到全身舒爽,一步一步向魔鬼们靠近。

飞往火星

都是些鸡毛蒜皮的事引起的。你说一句，我怼一句，你顶一句，我骂一句……几个回合下来，陈之琳提着包摔门而出。这已经不是第一次，每次都闹到非离婚不可，但在双方父母的劝说下，又继续凑合着过。李华看着空荡荡的客厅，做一次深呼吸，心想：这婚当初就不该结。他起身走到窗前，看到陈之琳在路边打车，又赶紧退回来，现在一眼也不想看到她。

卧室传来孩子的哭声，李华这才意识到，家里除了他还有女儿。他跑进卧室，看到女儿躺在地上哭，应该是翻身从床上摔下来的。他赶紧把女儿抱起来，检查她的头部，心疼地说："媛媛，你醒了怎么不喊爸爸，摔着哪里没有？"女儿哭着喊："妈妈，妈妈。"还好没有受伤的痕迹，李华把女儿抱到客厅，哄了很久才不哭。思虑一番，他决定把女儿送去老家。

李华拿出一盒牛奶，插入吸管递给女儿，说："爸爸送你去跟奶奶住，好不好？"女儿喝一口牛奶，问："妈妈呢？我要妈妈。"李华说："妈妈出去打工了，你去跟奶奶住,奶奶每天给你做好吃的。"女儿做出想哭的样子,李华赶紧抱住她。她问:"妈妈什么时候回来?"李华说:"一个月以后。"他想:这次,婚是离定了,一个月的时间,女儿应该就能习惯没妈的生活。

为女儿收拾衣服和玩具,玩具太多无法选择,李华问:"媛媛想带什么?"女儿不答。他捡起一个洋娃娃,问:"这个要带吗?"女儿还是不答,头部微微动,像摇头又像点头。李华随便收了些,背上女儿、拉着密码箱出门。到停车场,女儿说:"我要妈妈抱我,我自己坐车害怕。"李华说:"不怕的,爸爸为你系好安全带,慢慢开。"到小区门口买两箱牛奶、一袋零食、一袋水果,往老家驶去。

很快出了县城,路变窄了。路边的水稻正在扬花,提前栽的苞谷已经黄壳,一位老人坐在田边抽烟,一位老人牵着马回家,一位老人在炊烟下呼喊。有那么一瞬间,李华羡慕这样的田园生活,简简单单、没有烦恼。天色慢慢暗下来,李华打开车灯、放慢车速,窗外的虫鸣一路追逐。女儿说:"爸爸,我饿了。"他靠边停车,从后备厢取出牛奶和饼干给女儿,无意间抬头看到繁星满天。

好久没有抬头看夜空。此刻李华静静地看着,年幼时的一些画面纷纷浮现。忙碌一天后,一家人吃过晚餐,坐在院子里乘凉,劳累就随夜风消散了。有时李华依偎在母亲身边,听她讲一些久远的故事。有时李华看遍整个夜空,寻找最亮的一颗星星。那时候似乎比现在幸福。李华把女儿抱出来,说:"媛媛,我们找最亮的一颗星星。"女儿不感兴趣,边吃饼干边说:"爸爸,我们快回家吧。"

车刚开进院子,母亲端着碗出厨房,高兴地喊:"你们回来了。"父亲也端着碗出来。李华把女儿抱下车,对她说:"快喊爷爷奶奶。"稍停片刻,女儿才喊道:"爷爷,奶奶。"母亲放下碗,打开院子的灯,跑来抱她的孙女,笑着说:"媛媛又长高了。"接着问:"妈妈呢,妈妈怎么没回来?"媛媛说:"妈妈出去打工,不要我了。"一副要哭的模样。李华从后备厢拿出东西,说:"快进屋吃饭。"

母亲找来餐勺,喂媛媛吃饭。李华说:"妈,她自己能吃,你快吃你的。"母亲说:"我饱了。"父亲沉默地吃着,时不时拿起桌上的青椒咬一口。李华没有食欲,但也舀一碗饭坐下来吃。父母没问什么,但估计已经猜到一切。屋里顿时静得出奇,李华听到自己的咀嚼声,在寂静中无比响亮。媛媛吃几口就不愿再吃,她的奶奶说:"媛媛多吃点,长高了明年才能上幼儿园。"

吃完饭,李华还是开口了,说:"妈,我这段时间很忙,送媛媛回来跟你们住。"女儿好像意识到什么,跑过来抱住他的腿。他揉着女儿的头,说:"你跟奶奶住一段时间，好吗?"女儿一脸委屈，片刻后哭起来，不成声地说:"爸爸，也，不要，我，了。"李华心里难受，紧紧抱住女儿，笑着说:"爸爸怎么会不要你，爸爸是去上班，挣钱给你买东西。"李华看到母亲在擦眼泪。

最终李华还是走了，母亲抱着媛媛跟到车前。母亲说:"你都三十多岁了，让着她一点不行吗? 非要闹到这一步。"李华没回答，启动车子，挥着手说:"媛媛，拜拜。"女儿没有挥手，而是问:"爸爸什么时候来接我?"李华说:"过两天爸爸就回来看你，你要听奶奶的话哟。"车开出院子，邻居家新买的小狗狂吠，他踩紧油门，很快把狗抛在车后。

李华看一眼后视镜，院子的灯仍亮着，估计母亲还抱着媛媛站在那目送。他顿时一阵心酸，踩紧油门爬上土坡。若是白天，站在坡顶望去，跟别人家的"小别墅"对比，自己家的房子破旧不堪。十年前地基开始下沉，墙体的裂缝越来越大，父亲多次用水泥沙子封住，但均无济于事。最好的办法是推倒重建，可李华买房、装修、结婚，已花光家里的积蓄，再说这两年申请建房很难获得批准。

就这样一天天地住着，老房子都快成危楼了。脱贫攻坚期间，驻村干部还在墙上喷"另有安全住房"几个字。李华几次梦到房子突然倒塌，形成一座巨大的坟墓，父母被埋在里面。父母都已年近六十，无论李华怎么劝说，他们都不愿进县城住。母亲总说："我们现在还能动，在家把这些田、地种了，以后动不了再说。"另外，母亲还担心婆媳之间相处不好。

母亲的担心是从陈之琳坐月子开始的。那时候，母亲每天变花样做吃的，可陈之琳总嫌不合口味，嘴上虽没说什么，但整天摆着个脸色，甚至还自己点外卖。李华暗暗生气，你陈之琳连一顿像样的饭都做不出来，竟然还挑三拣四。想着她正在月子期，估计有产后抑郁，没有指责什么，而是跟她商量："你妈更了解你，要不让你妈来？"就这样，伺候两周月子的母亲灰溜溜地回老家了。

刚认识时，没发现陈之琳的脾气不好。或许婚前她就表露出来的，只是被着急结婚的李华忽略了。当时李华已经三十岁，一直找不到对象，有同事介绍过两次，人家都没有看上他。家里三天两头催婚，有时母亲还流眼泪。彼时二十岁的陈之琳在县城一家服装店上班，李华去买几次衣服便加了微信，闲聊几天后相约见面，见过几次面就在一起了。不久后意外怀孕，就匆忙结了婚。

婚后陈之琳辞职，安心在家里养胎，产后当起全职妈妈。各种小矛盾就开始了。有时李华下班回到家，陈之琳没煮饭，还在睡觉。李华说她几句，她就吼道：

"你以为带孩子不是工作？有的人家还请保姆呢。"有时陈之琳向他要钱，说跟几个姐妹逛街。李华说："你姐妹还挺多的。"她很气愤，说："那这样吧，我出去打工，孩子你自己带。"说完摔门而出。

陈之琳第一次摔门而出时，女儿还不到两岁，哭起来李华哄不了。给她打电话不接、发短信不回，李华实在没办法，带着女儿出去找。开车在县城转一圈，连陈之琳的影子都没见着。还好她在朋友圈发一条动态，是在酒吧拍的短视频。李华抱着女儿找了两个酒吧，终于找到陈之琳，她正和几个男女对着话筒号叫。李华当即摔破一个酒杯，一个喝醉的男生冲上来理论，几个女生赶紧拉住……

一路上，杂乱的往事不断涌起，不觉已进入县城。李华好像才回过神来，心想：陈之琳现在在哪，在酒吧吗？他骂一句粗话，在心里说：管她在哪，她死都跟我没关系。虽然这样想，他还是靠边停车，拿手机点进陈之琳的朋友圈，最新一条动态是上周发的。李华做一次深呼吸，望着灯火辉煌的县城，突然间身心疲惫。他放下手机，松开刹车，踩紧油门，径直往小区驶去。

很快回到家，洗了澡躺在床上，思绪乱糟糟的，将近一个小时都睡不着。李华在黑暗中叹气，随即翻身拿起手机刷抖音。都是些轻松搞笑的视频，一刷就是两个小时，终于有了点困意。这时跳出一个视频，说美国一女孩将成为首位登陆火星的宇航员,且有可能无法返回地球。李华放下手机,心想:这多么好呀,在火星为人类做贡献,还可以远离地球上的各种烦恼。

不知不觉睡着,梦到那个女孩。她穿着宇航服,向众人挥手,随后登上宇宙飞船。然而飞船没有飞向火星,而是朝小区飞过来,撞碎李华家的玻璃,停在客厅里。女孩走出飞船,脱下帽子,招手喊道:"嗨,你好。"李华愣了片刻,认出是陈之琳,他愤怒得跳起来。可这一跳就跳进另一个梦。他几乎一直在做乱七八糟的梦,这些梦或多或少与陈之琳有关。

闹钟八点半响起,李华关掉后没有马上起床,心想再躺十分钟。这一躺又睡着了,再次醒来将近八点五十,他飞快穿好衣服,脸都没洗就冲出家门。到楼下时感觉没关门,马上坐电梯上楼。他经常这样。确定门是关好的,又重新下楼。新校长上任一年多,最讨厌老师迟到,有几个年轻老师被点名批评过。但现在李华却不急了,他酝酿着情绪,心想:若被校长点名就跟他对质。

如果一路顺畅,最多就迟到五分钟。可途中碰上堵车,据说前方追尾。堵了半个多小时才通车。李华从后门走进会议室,校长正在读文件,好像没有发现他。校长读完几份文件,宣布第一场会议散会,让班主任和中层干部留下开第二场会议。校长说明天报名、发书，晚自习由班主任上，后天正式上课。叮嘱班主任摸清辍学生的去向，做好劝返资料，以备上级部门检查。

简简单单几句话，几分钟就讲完了。接下来，副校长作冗长的补充，李华拿出手机看微信。就在这时，他被校长盯上了，但他并不知道。他点进陈之琳的朋友圈，依旧没有新动态，又开始东想西想。待三个副校长都补充完，校长点李华的名字，说："你迟到一个小时，进会场就玩手机，请你起来解释一下。"口气像是叫学生回答问题。李华的心瞬间狂跳，怒火直冲到头顶，猛地站起来。

他组织语言，清清嗓子，说道："第一，今天有交通事故，堵车，所以迟到。第二，你已经把主要内容讲了，几位副校长补充无关紧要的，所以我就看一下手机。"校长提高声音，说："你这是无视会议纪律。我们去局里面开会，如果像你这样，要被通报批评的。"李华脱口而出："官场上的那一套，用到教学上行不通。你自己看看，你上任以来，教学质量下降到什么程度……"

李华滔滔不绝地说着，心里的苦闷如洪水般涌出，激动得声音越来越大。台上几个校长愣在那，坐前面的同事都回头看李华。后排的班主任是一位老教师，他拍李华的背几下，轻声说："差不多得了，不要得罪校长。"李华这才停下来。校长像是刚缓过来，顿了顿吼道："我是好心提醒你。你觉得我哪里做得不好可以私下跟我说，别在这闹情绪。"紧接着宣布散会。

李华快速走出会议室，闷闷不乐地来到停车场。堂哥打来电话，开口就问："那事办得怎样？"李华说："应该没问题，要多等几天。"侄女今年升初中，堂哥想送她进县城读。服务范围外的学生，学校只招两百个，侄女没有考上，堂哥让李华想办法。教务主任是李华的初中老师，李华厚着脸皮去找他，他说："等开学后，看哪个班学生少，就安排进哪个班。"就因为这句话，李华认为没问题。

接完堂哥的电话，在车里冷静一会，李华决定再问问教务主任。他到教务办公室门口，做贼一般往里看，看到只有主任一个人，才敲门走进去，打听新生分好班没有。主任说："分好了，每个班的人数都差不多。"李华说："我那侄女，现在可以安排吗？"主任说："要等几天，根据实际到校报名的学生数，才能决定。"稍停片刻，又说："不急的，最快星期二就能确定。"李华更加放心了。

回到家吃了点东西，李华躺在床上，开始想离婚的事情。又想起前两个月的那件事，陈之琳摔门而出的第二天早上，李华收到同事的信息，说昨晚看到她跟一个男人在一起，觉得不对劲，所以才发这条短信。后来陈之琳极力否认，李华还是怀疑她已出轨。种种迹象表明，这场婚姻很难再继续。他和陈之琳共同拥有的只有女儿，这婚离起来很容易。

第一步是商议抚养权。是否该主动叫陈之琳回来商量，李华始终无法做决定。对于陈之琳摔门而出，头几次他还主动去找，后来就懒得再管，直接把女儿送回老家。往往第二天母亲就跟亲家联系，她们把李华和陈之琳召集到一起，利用媛媛的哭泣让他俩重归于好。李华拿起手机看时间，已经一点过，怎么一点动静都没有？思虑许久，他决定打电话回家打探。

打母亲的电话，是女儿接。李华放低声音问："妈妈找过你没有？"仿佛声音大一点，心中的秘密就会泄露。女儿说："没有，妈妈不是出去打工了吗？"李华深思几秒钟，问道："奶奶呢？"女儿说："奶奶在外面吐血。"李华以为自己听错，又问一遍。女儿说："奶奶吐了很多血。"李华猛地坐起来，说："你叫奶奶接电话。"女儿应该正往屋外跑，喊道："奶奶，爸爸喊你接电话。"

原来母亲流鼻血，用纸堵住鼻孔，血就进入喉咙，只能像吐痰般吐出来。此前母亲没流过鼻血，李华不禁担忧起来，问："哪天开始流的？"母亲说："已经好几天了，每天流两三次，每次要花十几分钟才止住。"李华说："我马上回家，带你上县医院看。"母亲说："上什么医院，我没有哪里痛，应该是上火了，过两天就会好的。"李华说："你别犟，在家等我就行。"

赶到家里，母亲仍坚持说自己只是上火。父亲附和道："流鼻血是很正常的，去镇上买点药吃就行了，上县医院一趟就大几百上千。"李华愈加烦躁。女儿在一边说："奶奶，去医院，等妈妈发工资，我叫她转钱给你。"她的奶奶说："叫你妈转钱？你妈都不知道去哪了。"像是故意说给李华听。李华吼道："你少说点话吧，快上车去医院。拖严重了很麻烦，马上就开学了，我很忙。"

去医院的路上，女儿应该想起她奶奶刚才说的话，问道："爸爸，妈妈真的出去打工了吗？"李华沉默着，他还真不知怎么回答。女儿又问一遍，还站起来摇他的肩。李华只得开口："是呀，妈妈叫你一定要听奶奶的话，要不她会难过的。"女儿说："我很听奶奶的话的。"稍停片刻又说："奶奶，是不是？"她的奶奶让她坐下来，说："是的，你要听话，妈妈才会回来。"

到医院才知道病人如此多。排了将近一个小时的队，医生经过一番检查，说："鼻腔内血管破裂，住院，手术。"听说要交一千块钱，母亲非常心疼，问："可以吃药吗？"医生说："不可以。您老人家放心吧，报销下来花不了这么多。"心电图、抽血、CT，又等一个多小时，才开始手术。只是个小手术，十来分钟就完成了，医生让住院观察，明天若没事就能出院。

病房里没有其他病人，护士很快过来输液。女儿躺在另一张床上，不一会就睡着了。李华看着药水一滴一滴往下掉，陷入沉思，人的身体能容纳这么多药水吗？母亲突然喊他，他才回过神来。母亲说："你把小琳叫回来。"李华不答。母亲说："这样下去，媛媛怎么办？"李华不答。母亲问："你听到没有？"李华说："我决定离婚。"母亲说："离了你上哪去找？"李华说："不找了。"

输完液，问医生能不能回家。医生说可以，明天早上记得来检查。女儿还没醒，李华小心翼翼抱起她，带母亲回县城的家。刚才母亲说今晚她在医院睡，估计伺候陈之琳月子留下的阴影还没散。李华说："怎么能让你睡医院。自己家就在这，而且离医院不远，你担心什么。"他想补充说"再说陈之琳也不在家"，但想想还是没有说出口。

上车时，女儿被惊醒，哭着喊几声"妈妈"。李华说："奶奶生着病呢，别一直哭，影响到奶奶康复。"母亲抱住她，安慰着说："媛媛别哭，咱们回家给妈妈打电话，好不好？"媛媛说："好。"哭声才渐渐小下去。还好，回到家，女儿忘记了"打电话"，向她的奶奶展示拼图，还笑得很开心。李华淘米煮饭。母亲说："我来吧，你有事就去忙。"从小到大，母亲几乎没让李华做过家务。

李华刚在学生家长群里发通知，明天下午两点钟到校报名，马上就有家长问：早上可以报名吗？李华回复：按通知的时间来。该家长说：希望人性化一点，我们明天有事，起早就得送孩子去学校。李华不高兴，他想质问该家长，难道老师就不会有事吗？可想想还是回复道：可以的，到学校后让孩子在教室等。很快又有家长问：去上晚自习时再报名，可以吗？李华回复：走读生可以。

李华明明困得不行，吃过饭躺在床上，却又睡意全无，在抖音搜索将登陆火星的美国女孩。这些视频可信度不高，但李华不在乎。系统推荐相关视频，有祝融号拍的照片。从照片看，火星上一片空旷，如果谁能登陆，就等于拥有整个世界。自个儿拥有一个世界，应该就没有烦恼了。李华想象自己走在火星上，风把红沙吹得漫天飞，那会是何等的诗意浪漫。渐渐地，他在想象的画面中入睡。

李华睡得很好，一晚上都没有做梦。翌日醒来，他觉得全身轻松，下楼为母亲和女儿买早餐。李华没有吃早餐的习惯，因为他早上总起得很晚，很多时候都是最后一分钟赶到学校。吃过早餐，带母亲去医院检查，医生说没有问题。很快办好出院手续，送母亲和女儿回老家。路上，母亲问："你跟小琳联系没有？"李华撒谎道："联系了。"有女儿在身边，他赶紧转移话题。

"要不你来县城住，将就带媛媛。"李华说，像是没话找话。母亲说："家里有一片苞谷可以收了，我得回去收。你爸一个人在家，什么事也不做。"李华说："干了几十年农活，你们不累吗？"母亲说："累？人活在世上就得干活。再说，如果我们不干活，你的工资能养活一家人吗？"提到这些，李华就沉默了。母亲接着说："你别老是跟小琳吵架。"李华不答。

"他妈的婚姻。"李华在心里骂道。回想起这三十多年，自己确实是个失败者。比他大两岁的姐姐夭折后，父母只剩下他一个孩子，总担心他出意外，因此看管得非常紧。过度保护让李华的性格有缺陷，进入大学才开始独立生活，在社交中处处受挫。他一直学不会跟人交往，特别是跟异性。有时他甚至想单身过完这一生。"马上就可以实现了。只希望父母不要太难过。"他在心里说。

回到家，父亲和摩托车都不在，估计他已去收苞谷。李华叮嘱母亲："医生说半个月不能干重活，让我爸自己去收苞谷，你在家煮饭就行。"母亲说："你不用操心这些事，你得把重要的事办好，叫小琳回来。"李华转过身去，对女儿说："媛媛，我带你去地里找爷爷。"母亲说："苞谷叶会割伤她的脸。"李华说："让她体验一下，要不都不知道粮食是怎么来的。"

到地里，父亲已装好两袋苞谷，正往摩托车上捆，不会少于一百斤。李华说:"这么重很危险吧。"父亲说:"去年我还拉四袋。"女儿在地里抓蚂蚱,很快手就被割出红印,但她并没有哭,还跑来跑去的很开心。父亲终于捆好,骑上摩托车,沿着小路驶去。李华背着女儿紧跟着,父亲骑得摇摇晃晃的,但还是顺利到家了。吃过午饭,睡午觉醒来,李华才去学校。

进入县城,李华开得很慢,仔细看街两边的行人。他幻想着,陈之琳正过斑马线,还跟一个男人牵着手。想到这他加快车速,险些撞上过斑马线的一个小孩。他一阵后怕,赶紧放慢车速。到学校都没有看到陈之琳,他居然觉得有点遗憾。陈之琳现在在哪?逛街或者躺在床上,身边还有一个男人。想到此李华心里发酸。说来也奇怪,都决定离婚了,却还在乎这些有的没的。

两点钟准时到教室,学生陆续进来报名。班主任代收保险费,核对学生信息,检查暑假作业。每个学期的班主任费人均一千,其中有八百还是用课后服务费付的。班主任累死累活干各种杂事,还时常遭到家长和领导的不满。总结成一句话,学生出任何问题,都怪班主任没管好。校长多次在会上说:"学校安排你当班主任是信任你,如果你不服从安排,那我连课也不安排给你上。"

上个学期的散学典礼上,学校公布严重违规违纪的住校生名单,说本学期不能再住校。李华的班上有三个，他们多次打架斗殴、抽烟喝酒、不假外出。其中两个自己来报名，明确说不再住校。第三个是女生，其父亲带来报名，说家很远，必须要住校。没等李华解释，他又说："我刚找副校长，他说班主任同意就可以住。"李华马上打电话问，副校长说："先按学校的规定办，实在不行再说。"

李华两面为难，但还是婉拒了该女生住校。其父亲年龄跟李华相仿，根本没把老师放在眼里，质问道："我孩子晚上跑出去，难道学校没有责任吗？"李华说："你问她是怎么跑出去的。"下晚自习，一千多个走读生出校门，门卫根本忙不过来，该女生混在里面出去。其父亲很嚣张，提高声音说："说句你不爱听的话。我不管她怎么出去的，幸好她没有出事，如果出事，你能负责任吗？"

李华认为不该示弱，站起来吼道："你看看你什么态度，这样的态度能教育好孩子？"女生在一边低着头，其父亲顿了顿，说："不让住校，我们无法读书，等上面来检查，我们就如实说。"李华吼道："如果你这样无知，那就随便你。"很多学生围在窗外看，该女生不知所措，其父亲说："别以为当老师了不起，我小学文化，现在工资至少是你的两倍。"说完他们走了。

一个小时后，接到校长的电话："小李，刚才发生什么事？"李华叙说整个事情的经过。还没说完，校长就打断:"他刚才打12345,市里联系县教育局,教育局让学校整改。"李华瞬间慌了,问:"那现在怎么处理?"校长说:"怎么处理,你不知道吗?说明昨天开会你没有认真听。我好心提醒你两句,你还跟我闹情绪。"校长说完挂掉电话。

昨天校长提到,现在的学生家长不好惹,不要跟他们起冲突。李华当然记住了,但刚才那样的情形,难道老师要低声下气?现在怎么办,打电话向学生家长道歉,让他带孩子回来住校?李华越想越气,最后做出决定:我才不惯着谁,大不了就被处分。当老师还真憋屈,工资、绩效、公积金、课后服务费全部加起来,一年不到九万,还整天担惊受怕的。

晚餐时李华没去食堂,愁眉不展地回办公室,统计报名情况。除了刚才的女生,还有两个学生未到。李华分别打电话问家长,一个说来上晚自习时再报名,另一个说不读了,已经在工厂上班。李华说:"让他写一张请假条,家长签字,拍照片发给我。我把他的名字留着,到时候可以办毕业证。"上面要求零辍学,但事实上是不可能的,出现辍学学生,一般都这样处理。

上晚自习,打扫卫生,发书,让学生预习新课。李华没什么可讲的,他现在也不想多说话。不一会学生开始叽叽喳喳,李华愈加烦躁,吼了几句,觉得嗓子有点疼。他特意说:"从现在起,请保持安静。"声音已经沙哑。刚上班时，他的声音随时都是洪亮的，现在只要声音大一些，两节课下来就会沙哑。李华想：再这样下去，嗓子有可能要坏掉。

校长打来电话："小李，事情处理好没有？"李华说："没处理。"校长说："我都提示你了，你怎么还不处理？"李华说："如果他来找我，我就同意住校。问题是他不来找，我不可能去求他吧？"校长说："不要因为这点小事影响自己的前途。"李华说："被开除都无所谓，我当一个老师，不可能一点尊严都没有。"校长说："你说的这些我理解，我先把整改报告交了，你得想办法处理好。"

下晚自习回到家，感觉空荡荡的。李华坐在沙发上，刷微信朋友圈，看到陈之琳刚发的动态，是网上的一些伤感句子。李华给她发信息：离婚的事考虑得怎样？她很快回复：考虑好了，哪天去离？李华想想，说：星期三或者星期四，现在商量媛媛跟谁。她说：如果你不带，就跟我。李华很生气，说：还是跟我吧，你带不好的。她说：也行，我出抚养费，我只要求，想探望时就能探望。

李华看着这几行聊天记录，看着看着笑出声来。他一直笑，疯了一般地笑。声音越来越大，充满着整个客厅。最后他累了，倒在沙发上，断断续续地发笑。李华应该是在笑声中睡着的。半夜他翻身摔在地上，醒过来，觉得全身冰凉，嗓子更疼了。坐在地上好一会，才明白发生的一切。他鼻子一阵发酸,随即眼睛湿润,忍不住抽泣起来。该怎么向父母解释?该怎么跟媛媛解释?

不知过了多久,李华起身来到窗前,抬头看到满天繁星。他想:这些星星中有火星吗?在可视范围内寻找着,一颗拳头般大的星星映入眼帘,静静地发出白光。那根本就不是月亮,是什么?是火星?李华一阵激动。他朝夜空喊道:"飞往火星。"声音在小区里回荡着。他张开双臂扇动,并没有飞起来。最后,李华拿出手机,对着这颗星星拍一张照片,发在朋友圈,文案是:飞往火星。

七点钟被电话吵醒。看到是堂哥打来的,李华瞬间清醒。堂哥说:"今天开学了。"李华说:"我知道,教务主任说星期二安排,再等一天吧。"挂电话后睡不着了,李华索性翻身起床。课程表昨晚已发在工作群,他今天的课是上午一二三节。洗漱后吹发型,并用干胶固定,下楼吃完早餐才去学校。李华想:离婚了就得改变自己,开始新的生活。只是想起各种杂事,心里依旧隐隐作痛。

上完第一节课回到办公室,看到那个女学生坐在电脑前,其父亲正跟一个老教师聊天。李华假装没有看到他们,径直走向自己的办公桌。女生看到他,起身过去说:"爸爸,班主任来了。"其父亲歪头看一眼,走过来喊道:"李老师,住校的事情……"李华说:"住校可以,但她跑出去出事,我可负不了责。"女生说:"我保证不会再跑出去。"李华看着她,说:"你保证过无数次了。"

双方僵持着。老教师说:"写保证书,如果还跑出去,出事后果自负,家长签字,交给李老师。"女生赶紧说:"可以。"其父亲问:"李老师,这样可以吗?"李华想起校长的话,说道:"先写来再说。"女生很快写好,就短短几句话。李华没再多说,开了入住单。上课铃声响起。女生说:"谢谢老师。"其父亲说:"李老师,昨天对不住你。"李华没有回应,拿着书走出办公室。

上完课准备回家,副校长在群里发通知,说为了加强宿舍管理,本学期安排老师值班,男女生宿舍每天各一人,晚上须在宿舍睡。李华查看值班表,明天是他值班。他继续往下看,本学期他要值四天班,都是星期二。车刚开出几米远,接到政教主任的电话,说班上两个学生打架,让他尽快到政教处处理。李华气得连着骂几句粗话,倒回来把车停好。

很快来到政教处,班上最高的那个学生靠墙站着。比李华还高出一个头,上学期带手机进教室,李华发现后让他上交,他不但不交,还想跟李华打架。此刻,被他打伤的学生坐在对面,左眼眶肿得有点厉害。李华二话没说,先给高个学生的家长打电话:"你儿子打伤人了，快带钱来学校，送去医院检查。"高个学生说："是他先骂人，我才动手的。"李华朝他吼道："请你站好，别靠着墙。"

等了半个小时，双方家长才到学校。全部由政教主任处理，李华只需在一边配合。他清楚，班主任费要被扣十块钱，这可是开学的第一天呀。政教主任找出调解协议模板，叫双方家长带学生去医院，检查完后回学校签字。不到一个小时，学生和家长回来，说没有大碍。处理完已经一点过，主任提议出去吃饭，李华说没有食欲。他下午没课，不打算坐班，直接回家休息。

好像刚睡着，电话就响了。李华以为又是学生出事，赶紧翻身拿起手机，还好是母亲打来的，总算松一口气。可母亲的话让他惊慌起来，简直比学生出事还慌。母亲说媛媛呕吐，吃的东西吐完了，现在还在干呕。女儿的身体一直很好，几乎没有生过病，这到底是怎么回事？李华没有多想，边穿衣边出门。到楼下时，他感觉门没有关，但懒得再上楼看。

环城路上的车异常多，行驶得很缓慢。李华看到陈之琳，她跟一个男人正往酒店走去。李华全身血液上涌，心猛跳起来，喉咙被堵得难受。下车还是不下，他一时拿不定主意。他们快走到酒店门口时，李华突然停车熄火，开门下车直冲过去。后面车一个急刹，按一声很长的喇叭。李华跑到他们身后，大喊一声"陈之琳"。

他们几乎同时回头，盯着李华。

"你这是干吗？"李华问。陈之琳慌了片刻，随即说："跟你没关系。"李华骂道："你真贱，婚还没离就这样。"陈之琳说："不是说星期三去离吗？"李华一时无语，愤怒得举起拳头。那男人挡在中间，说："请你不要动手。"李华一把拉开他，说："字没签，她就还是我老婆。"男人说："我们又没做什么，你看到我们做什么了吗？"李华指着陈之琳说："你会后悔的。"转身回车里。

一路上大脑都是空白的，直到见到女儿才明白回家干吗。李华喊一声"媛媛"，女儿没有回答，躺在床上显得很虚弱。母亲端来半碗清水，在床上方不停画圈，口中念念有词。过后把碗放在床头柜上，试图将三根筷子立在碗中，喊一些逝者的名字。待母亲忙完一切，李华抱起女儿，说："去医院吧。"女儿含着泪说："爸爸，我想妈妈。"

到了镇上医院，医生说应该是吃错东西导致的，没有多大问题，开点药就行了。母亲问："可以输液吗？我看她太虚弱。"医生想想，说："可以。"李华把女儿输液的照片发给陈之琳，说：媛媛在输液，而你在偷情。很快，陈之琳发来视频通话，李华想拒接，但还是接了，把手机递给女儿。陈之琳问："媛媛，你怎么了？"女儿说："妈妈，你怎么不要我了？"说着大哭起来。

输完液，女儿说："爸爸，我好了，我想吃东西。"医生说："最好吃清淡的，比如粥。"母亲去超市买小米、白山药、排骨等，一到家就着手熬粥。四十分钟左右，香喷喷的粥出锅了。女儿吃了两碗粥，又开始蹦蹦跳跳。女儿已满三岁，陈之琳说今年送幼儿园，李华说等四岁再送，为此他们还吵过。女儿已学会十以内的加减法，李华感到很骄傲，认为女儿随他。

天黑透了，繁星满天。女儿说："爸爸，妈妈过两天就来接我。"李华问："你会跟妈妈走吗？"女儿说："会，妈妈说带我去玩。"李华说："爸爸也可以带你去玩。"女儿问："去哪里？"李华脱口而出："去火星。"女儿一脸疑惑，问："火星是什么？"李华说："是没有烦恼的地方。"李华无意间抬头，那颗拳头般大的星星出现了，他指着星星说："媛媛快看，那就是火星。"女儿仰头看，欢呼起来。

晚上李华在老家睡，翌日起早赶去学校。还有半个小时才上第一节课，李华守在教务办公室门口。主任终于来了，李华还没开口，他就叹着气说："昨天我们开校务会，有几个中层提到带学生进来，校长不同意。他说如果答应，就会多出五十来个学生，没法安排。"李华愣在那。主任接着说："校长不答应，我不敢放进来。"李华依旧愣着。主任又说："要不你亲自找校长谈谈。"

校长办公室没开门,李华犹豫一下敲门,没有回应。他来到空旷的操场上,鼓起勇气给校长打电话。校长问:"小李,事情处理好了吗?"李华说:"处理好了。但我还有一件事得请你帮忙。"校长说:"你讲。"李华说:"我侄女读书的事情。我本来不想带进来,但实在太亲了。这样说吧,以后我爹妈过世,还得靠我堂哥帮忙。"校长说:"小李呀,我自己的亲戚,我都没有答应……"

李华给堂哥打电话。堂哥问:"安排好了吗?"李华说:"哥,我对不住你,校长不同意。"他的声音有些哽咽。堂哥停顿几秒钟,问:"是,这样吗?"李华说:"我怎么求,他都不答应。"堂哥问:"还有其他办法吗?"李华调整情绪,说:"愿意进县城读私校吗?我出一年的学费。"堂哥笑着说:"怎么能让你出学费。这样吧,我让她在老家读,现在就去报名。"李华觉得整个身体都是空的。

中午查宿舍时,宿管说:"李老师,你查一楼,我查二楼到六楼。"一楼全是重点班的学生,查宿舍时都在床上看书。李华转一圈,回宿舍的值班室,接到母亲的电话。母亲说:"你堂哥找你办事,对你来说就一句话的事情,你怎么不帮?"李华说:"妈,我无能为力呀,校长不答应。"母亲说:"大家都在谈论你,有的说你没有出息，有的说你故意不帮……"李华欲哭无泪。

到了晚上宿管才跟李华说，一楼有个学生偶尔会梦游。李华说："这，很危险吧?"宿管说："一楼没有危险物品，晚上把通往二楼的门锁好，他梦游出来转一圈就会回去睡，相当于起床上厕所。"李华还是觉得不妥，想跟宿管换。宿管又说："他只是偶尔梦游，你今晚不一定遇上。二楼和三楼都是调皮捣蛋的学生，我怕你不习惯。我睡在三楼，有事就给我打电话。"李华这才放心。

查完宿舍，李华回到值班室躺下，准备拟离婚协议，母亲的电话又来了。原来今天父亲骑车拉苞谷，操作失误摔进沟里。李华感觉头部胀痛，问："我爸没事吧?"母亲说："右脚跛了，但应该没事，他都把苞谷扛回家了，只是沟有点深，无法把车抬上来，你明天抽空回来帮忙。"明天?明天要去离婚呀。李华顿了顿，说："好的。"他想：离婚的事往后推吧，明天得带父亲上医院检查。

关灯许久，李华睡不着，心里乱糟糟的。他起床上厕所，看到有学生还在用台灯照明看书，便推门进去提醒他们休息。回床上躺一个多小时，才迷迷糊糊睡着，可又被敲门声吵醒。李华起床开门，一个学生直愣愣地站在外面，口齿不清地说："老师，你开门让我出去。"李华知道该学生正在梦游，便说："回去休息吧。"学生说:"老师,求求你开门让我出去,他们派飞船在外面等我。"

李华感觉大脑快速转动。不知怎么的,他找出钥匙打开宿舍大门,学生说了声"谢谢",直愣愣地往外走,李华赶紧跟上。那颗拳头般大的星星更加明亮,借着星光来到足球场,果然看到一艘飞船停在那。学生很兴奋,登上飞船,回头喊:"老师,你要上来吗?"李华没有犹豫,跟着登上飞船,问道:"要飞往哪里?"学生说:"飞往火星。"随即飞船启动,离开地面,往茫茫的夜空飞去。

十五的月亮十六圆

1

弟弟的葬礼结束，亲戚们吃过饭先后离开。他们离开时跟他打招呼，他机械般地一一回应，回应过后又木偶般地站着。此时他无端想到两句诗，细想却想不起完整的诗句，只记得诗中带有"尸体"和"发芽"两个词。

他的大脑是一座坟墓，弟弟躺在其中，开始生根发芽。会长成一棵树吗？他想。像是电影快进一般，树苗很快长大，稀疏的树枝摇晃。他感到头痛愈发加重，头似要炸裂。

有人推他的肩膀一下。"喊你几声，你都没有反应。"那人抱怨道。他回过神来，尴尬地笑笑，揉揉额头。"快过去，陪你的两个老表喝几杯。"那人把他推过去。

两个陌生的中年男子坐在方桌前。他们看起来满身灰尘，显然是刚从很远的地方骑摩托车赶来。那人按住他的肩膀，让他在一张油腻的板凳上坐下，他这才发现那人是幺叔。幺叔简单介绍一下就走了，说去把菜热一下，冬天菜冷得快。面对这两个从外县赶来且多年没有联系的表哥，他一时不知道说些什么。顿了顿，他找来碗和啤酒，倒了三碗，说："我们仨老表先喝一杯。"

放下碗后，他无话找话，问两个表哥几点钟出发的，骑了多长时间的车。两个表哥也不健谈，回答他的问题后便陷入沉默。一阵风吹过，他打了个哆嗦，说："这几天降温了，你们那边咋样？"这些年来他养成习惯，每当跟别人没话题又觉得尴尬时，他就会谈起天气。两个表哥对天气似乎不感兴趣，给他的答案只是一两个简单的词语。

这时他又想到关于"尸体""发芽"的那两句诗。完整的诗句到底是什么？微微抬起头，睁大眼睛，嘴唇动了动，他绞尽脑汁想事情时总是这样的表情。还是没有想出来，他拿出手机准备百度，发现两个表哥正看着他。他有些不好意思，把手机放回包里，准备倒酒。

恰好幺叔端两盘菜过来放在桌上，两个表哥拿起刚才喝酒的碗去舀饭，他们的眼睛很尖，一眼就看到饭放在屋檐下。他说："我给你们换一下碗。"两个表哥说："不用换了，都一样的。"他过去拿起碗和筷子，发现两个表哥已经舀好饭回到桌前，他便放下碗，拿筷子过去给他们。两个表哥的吃相有些急，估计出发前没吃东西。他让两个表哥自便吃饱，然后转身走了，感到一阵轻松。

父亲佝偻着背慢慢地扫着地，母亲、幺娘和堂姐在清洗锅碗盆。弟弟比他小将近四岁，他模糊记得弟弟出生时的情形，像是黑白的电视画面。是的，当时的一切都是黑白的。母亲坐在里屋，因苦痛而呻吟着，他跑到母亲身边，母亲指着地上一摊模糊的东西对他说："这是弟弟。"他听到那摊模糊的东西响起若有若无的哭声。接着镜头转换，几个亲戚来来回回地进屋出屋，父亲在院子里扫着地。啊，他们为弟弟来到这个世界忙碌，又为弟弟离开这个世界忙碌。此刻，他突然感到人世间多么悲凉。

两个表哥吃饱后，过来跟他打招呼，说要回去了，他象征性地挽留几句，最后对他们说天快黑了，骑车慢一点。接着两个表哥又去跟父母打招呼，说一些安慰的话。几句话过后，他们每人拿出两百块钱给母亲，母亲推辞着不收，他们把钱放进母亲围腰的包里，匆匆骑上车走了。

他没有尿意，但还是去厕所撒了一泡尿，然后拿出手机百度。翻了两页，终于找到那两句诗。"去年你在花园种下的尸体，发芽了吗？今年会开花吗？"出自艾略特的《荒原》。如此有名的诗人及诗作，竟然忘记了，他觉得自己好像真的不够格当一名文学编辑。

2

他在省作协上班,临聘的,主要负责编发公众号。从邮箱里选一些文学作品进行简单排版后发出来,投稿的大多都是大学生,写得跟高中生的作文一样,难得选出一篇看得过去的。偶尔有读者留言:别总发这种垃圾文章。他回复:鼓励新人。经常参与省作协举办的各种活动,他跟圈内一些小有名气的作者渐渐熟悉,便直接跟他们约稿,节约了很多时间。公众号一个星期编发三期,他感觉还挺轻松的,从没怀疑过自己不够格,直到有一天参加一次活动才突然起了怀疑。

那是一次参观展览品的活动,要求单位至少派一人参加。这种不重要的活动,领导都会安排他去。在会场签到时,一位双手提着东西的女士请他帮忙签一下,他很乐意地笑着问:"你贵姓大名?"那位女士说:"张曦。"他写了"张西"两个字,他对自己的楷书还是满意的,以为会得到女士的欣赏,得意地问:"哪个单位的?"那位女士说:"错了,不是这个'西',是'晨曦'的'曦',早晨的意思。"他把"西"字涂掉,愣住了,一时写不出"曦"字,只记得大概样子,用笔在空气中试了几下还是没写出来。那位女士把东西放在地上,说:"我自己来。"他尴尬地把笔递给她,感到脸上发烫。转身走时,听到那位女士不屑的声音:"还是作家协会的……"

他在活动现场转一圈就提前离开了。在回住处的公交车上,用手机打出"曦"字,然后悄悄用手指在空气中写,确定自己记住笔画后,锁屏手机,又继续用手指在空气中写。一路上,他不知道写了多少个"曦"字,各种字体都有。回到住处,那位女士不屑的声音还在耳边响起,莫大的羞辱感在心中翻滚。顿了顿,他翻出笔和纸练字。他先写下"晨曦",然后想那些笔画复杂的字,每想到一个不会写的,就用手机打出来,然后照着写。

写了满满几页,肖莉回来了,打开灯,抱怨道:"天都黑了还不开灯。"他回头看一眼,站起来伸懒腰,往窗外看去,天并没有黑,只是房间的光线差所以有些暗而已。肖莉打开电饭锅,看着他,说:"看样子你早就回来了,连饭都不煮。"说着她把昨晚上的剩饭倒进垃圾桶,故意用瓢把锅底刮出刺耳的声响。他过去抱住肖莉,在她耳边说:"你煮的饭好吃点,所以等你回来煮。"肖莉挣脱他的手,从桌下的米袋中舀一碗米倒进锅里,想想又加了半碗,然后把碗丢进米袋。他说:"不要生气啦,等一会我洗碗。"

应该有半年了,他们一周总会发生一两次不愉快。他知道肖莉的同事一直对她穷追不舍,时间长了她好像开始心软，偶尔接受同事的晚餐邀请。他自然很生气，用冰冷沉默来面对她。她冷笑着说："都三年了，你还跟当初一样，一点都不会变。"当初？当初肖莉怎么说来着？"你就做自己喜欢的事情吧，我对生活要求也不高，只要能吃饱穿暖就行。"那时候他刚工作不久，肖莉总是含情脉脉地靠在他身边喃喃低语。一年过后，肖莉开始委婉地提出让他换工作，而他习惯了目前的状态，总是说："再等等。"一等就等了两年，肖莉估计对他彻底失望，不再提了。

晚上躺在床上，肖莉侧着身，悄悄聊微信。他也拿起手机，大学同学群里聊得正火热，和往次一样，他觉得自己插不上话，又放下手机。他侧过身去，抱住肖莉，看到她用小指打字，打得很快。他说："我准备辞职了。"肖莉没有回应。他摇摇她，说："听到没有？我准备辞职了。"肖莉淡淡地说："随便你。"他松开手，翻过身来，望着天花板的蜘蛛网。

过一会，他想倾诉自己的委屈，便把白天提笔忘字的遭遇说给肖莉听。他觉得自己是委屈的，现在都是用电脑工作，不会写"曦"字很正常，可那位女士为什么就不理解而且还非要嘲笑呢？肖莉听完翻过身来，说："其实我觉得，你还这么年轻，应该拼一下，多去接触一些不同的行业。像我们行业，都只认钱，你不会写'曦'字，也不会有人嘲笑你。"重点还是在"钱"上。

肖莉已经直接表明过很多次，嫌他目前的工资低，而且没有任何发展空间。他感到心里不是滋味。

3

父母的房间传来咳嗽声，母亲的旧病复发了，咳上好一阵才停止，接着听到打火机的声音，父亲又点燃一支烟。他感到心里不是滋味。东西收拾完毕，亲戚朋友散尽，确定父母都睡下，他才关好门和衣躺在床上。尽管身体发困，却没有一点睡意。他翻了两次身，又想起那几句诗。"去年你在花园种下的尸体，发芽了吗？今年会开花吗？"弟弟的容貌随之又在脑海里清晰起来。

他去县城上高中后，就很少跟弟弟有生活上的交集。时间可以改变一切，原本无话不说的两兄弟竟变得无话可说，短暂的见面也基本上是各自玩手机。现在他才意识到自己对弟弟一点都不了解，只是从QQ空间动态或者微信朋友圈猜测出丁点无关紧要的信息，比如弟弟高中时期谈过两次恋爱，大学期间学会喝酒，工作后又喜欢上打麻将。总之，在他的印象中，弟弟的夜生活非常丰富，时常熬夜，不是吃烧烤喝酒就是打麻将，估计所有这些早就为弟弟的病埋下了伏笔。

弟弟是在单位组织的体检中查出病的。当时弟弟和一个女同事已经发展到谈婚论嫁的地步，被这突如其来的致命消息打击得睡了一天一夜，过后瞒着女朋友和家人，独自去重庆检查（听说那边有一家医院很好），结果还是一样的。肝癌，晚期。从检查出病到停止呼吸，仅仅一个月的时间。他觉得弟弟的心理素质未免也太差了，不过早解脱也好，免得把年老的父母拖垮。

当时，弟弟的女朋友请了两个星期的长假，这以后单位不再批假，就只能周末过来陪护。那天晚上，只有他和母亲陪在弟弟身边。弟弟特意让自己看起来轻松一些，一直对母亲说："该享受的我都已经享受过，我死也没有遗憾了。你和我爸爸不要难过，还有我哥，他还可以照顾你们。"母亲不说话，流着眼泪，强忍住哭声。到半夜，母亲去睡了，弟弟和他说了很久的话。现在想来，那应该算是告别吧。可他已经想不起弟弟具体说过些什么，只记得弟弟反复说到女朋友，说她人非常好。第二天早上，弟弟就没有再醒来。

微信没有任何预备地响一声，他被吓一跳。拿起手机，是肖莉发来的信息：睡了没有？他们自从分手后就没联系过，这突如其来的问候让他感到意外。想了想，回复道：准备睡，你还没睡？肖莉经常更新朋友圈，他知道她又换了一家银行，但工作和以前一样，还是客户经理，有时候去另外一座城市见客户，天黑才赶回省城，到住处已经十一二点，所以经常睡得很晚。肖莉马上就回复了：已经躺在床上，这几天太忙，今晚特意点进你的朋友圈，才知道你家的事情。他很少更新朋友圈，最新一条动态的内容是"弟弟，一路走好"，是带弟弟的骨灰回家时发的。他不知道怎么回复肖莉才合适，细思一会，说：我知道的，你工作很忙。刚发送成功，肖莉的信息就来了：能和我说说是怎么回事吗？分手这么长时间，他不想打几百字把家庭的苦难告诉她，于是回复：见面再说吧。估计肖莉忙什么去了（他猜测是去厕所），差不多两分钟才回：节哀，回来联系我，早点休息，晚安。回去联系她？要联系吗？联系她干吗？他盯着手机屏幕看一会，回复：晚安。

他听出父母已经睡着，他们这几天忙前忙后，筋疲力尽，再伤心也有睡得着的时候。父亲微弱的鼾声有节奏地传来，他突然觉得从鼾声中能听出一个人的年纪，父亲的鼾声没有二十年前那样响亮有力了。那时候他总在心里抱怨父亲的鼾声影响到他的睡眠，导致他第二天上课打瞌睡被老师罚站。想起这些，他的眼角浸出泪水。要是能回到以前，我宁愿多被老师罚站几次，他想。但是不可能了，时间虽悄无声息，却力大无穷，把父亲原本直挺的背都压得佝偻起来。

4

有了辞职的想法，他开始和肖莉商讨换什么工作，但她好像已经没有多大兴趣。以前肖莉总给他灌输跳槽的思想，在他耳边分析每一种行业的优劣，说起来头头是道，现在她用不在意的口气说："要不你就来我们行业试试吧。"他说："你晓得我脸皮薄，而且口才差，干不了你这一行。"肖莉说："哪个一开始就干得了，哪个不是慢慢锻炼出来的？你一直这样不敢开口讲话，口才就永远不会进步。"他说："我觉得我这样也还不错，能赚到钱也能找到女朋友，钱赚得不多，但够生活，女朋友不够漂亮，但我喜欢。"说完他嬉笑着去搂肖莉，她转过脸去，冷笑一声，说："我看你就甘心一辈子这样。"

他静下心来想，自己并不是不敢开口讲话，好像只是不想开口讲话，估计是小时候的家庭教育使然。读一年级的时候，有一次父亲带他和弟弟去县城，他们蹲在广场边看耍猴，一个漂亮的小女孩从面前经过，父亲招手示意小女孩过来玩，小女孩看父亲一眼，突然大哭起来，女孩的父母出现了，要求带去市医院看。他们凶巴巴的，冲上来想要打人，他被吓得紧紧拉着父亲的衣摆，最终父亲赔二十块钱才罢休。钱全部赔了，连一碗粉都没得吃，他们走两个小时的路才回到家。这以后父亲常常对他和弟弟说，出门在外要时刻小心，与自己无关的事情不要掺和。这让他慢慢养成习惯，对什么事情都少开口，更不会主动去接触，生怕一不注意就会给自己惹来麻烦。

新工作没有着落，他暂时还没辞职，和以往一样，工作日按时上下班，周末待在住处看书，偶尔写一些看似诗歌的句子。肖莉下班回来，他就迫不及待念给她听。"在月光下洗澡。树顶的星群／依次坠落；人海泛起涟漪……"或者"笑一个吧，合影留念／在同归于尽之前。她的背影……"刚开始恋爱时，肖莉安静听完，故作害羞地骂道："矫情。"现在她还没听完就抛下一句"能当饭吃吗"，然后忙自己的事情去了。

肖莉专科毕业，比他早工作一年。起初他问她想不想升本科，她说："现在工作太忙，以后再看看。"以后他再问，她立即就反问："升了干吗？"肖莉学的是什么机械专业，跟所从事的行业毫不沾边。他开玩笑道："读三年大学浪费了，学到的知识没有用处。"肖莉则说："当你所学的知识不能让你赚到更多钱的时候，你就得学新的知识。"这是根据哪一句名人名言改编的呢？他从角落翻出一本落满灰尘的《名人名言大全》。肖莉嘲笑一般地说："快去洗碗吧，这本书教不了你生活的。"

若晚餐后天色还早，他就想出去走走，但很多时候肖莉总推辞，不是说累就是说身体不舒服。他说："你不去我自己去。"肖莉说："去吧。"有时候他推门欲出时，肖莉又补充一句："早点回来。"有这一句补充，他就会感到舒服一些。独自沿着河边走，天黑透以后，牵着手的情侣多起来，他想，这些情侣都是刚谈恋爱图新鲜罢了。走远后，他买一包烟，点燃一支，沿着原路返回。他本来不抽烟的，只是想营造出伤感的氛围。有时候回到住处，肖莉已经睡着，有时候呢，她则在跟别人视频通话，看到他回来就匆匆挂断。

用他自己的话来说，估计是哪根神经搭错了，竟然又去买最新版的《申论》和《行政能力测试》。他大四那年花很多时间准备公考，可省考结果下来连面试都没进，那个阴雨不止的午后，他把所有考试资料丢进垃圾桶。现在看到他捧着两本封面大红的公考书籍回来，肖莉笑着问："你确定还能看得进去？"他说："你就不能相信我一次？"肖莉说："以前我每一次都相信你，后来发现自己错了。"当天晚上他开始看书，肖莉白天跑了一天，躺下一会就睡着了。他关掉卧室的灯，轻轻走到客厅，看到很晚才去睡。

看了几天书，他开始做一些模拟题目，做完后看参考答案，只做对百分之五十。肖莉对此不管不问，他的兴趣慢慢淡下来，有时候看几页又合上，翻开一本外国诗集。

5

母亲起得很早，一向都是这样。读初中时，几乎每天早上都是母亲喊他和弟弟起床。现在，母亲不再喊他早起，可他睡眠浅，听到母亲起床就跟着起了。这几天失眠，都是后半夜才入睡，但他不允许自己睡懒觉，因为是在家里。

吃过早餐，跟父母去地里剥甘蔗叶子。他没怎么做过农活，但能体会到做农活的苦，特别是夏天傍晚看到忙了一天回到家的母亲坐在门口喘气的时候。从他记事起，家里每年都栽甘蔗，他和弟弟从一年级到大学的学费几乎都是卖甘蔗得来的。他工作后，劝父母别再栽，当着他的面父母答应得好好的，可过后又栽上。甘蔗长得很好，父亲和母亲剥着干枯的叶子，沉默着。他抬头，从甘蔗叶的缝隙看天，像是出太阳的征兆。他似乎看到被剥过叶子的甘蔗经太阳一晒，颜色慢慢地变浓变深，糖分一天天成倍地增加。

"今年的甘蔗应该卖得贵。"他无话找话，想让父母从伤痛中走出来。可母亲却在伤痛中越陷越深，说着又提到弟弟："往年甘蔗卖出去后，都是你弟喊一大堆朋友来帮忙扛，今年不晓得咋办……"母亲的声音哽咽。"妈，你不要担心，到时候我回来想办法。"他说道，可他知道他回家也帮不了多少忙，他的人缘没有弟弟好，几乎可以说没有朋友。父亲在石头上坐下休息，点燃一支烟，说："到时候卖给小老板，一天砍五六百棵就行。"

"你以前谈的那个女朋友呢？"过一会，母亲问。他犹豫着，但还是说了事实："已经分开了。"母亲说："年纪越来越大，也该找个人结婚了，过了年纪很难找。"他在心里细算，再过三个月就二十八岁了，但他内心还没感觉到自己年纪大，他恋爱时也没谈到结婚，他甚至都没考虑过。他想，是不是因为自己有点晚熟？"妈，你不要担心，这些我都晓得的。"他说道。"要是你弟不得病，今年过完年就结婚了。"母亲还是忘不了弟弟，说着哭起来。从小弟弟就显得比他聪明伶俐，母亲更宠爱弟弟一些，他十来岁就看出这一点，但他从没有抱怨过。"妈，每个人都有他的命，你们不要太难过，如果你们因为难过身体出问题，麻烦就大了。"他试着安慰母亲。

"你还是回来考一份正式的工作。"抽完一支烟，父亲说，母亲赶紧附和。弟弟在世的时候，父母没有要求他必须考一份正式工作，似乎不怎么关心他，不过他不在意，倒觉得自由自在。"你也可以考教师，当老师也不错，两个假期照常领工资。"母亲说。他偷偷看父母，父亲的背似乎比昨天更加佝偻了,母亲的头上有几根白发。"嗯,等招考我就报名。"他答道。其实,和肖莉分手后,他就想着回老家考一份正式工作,他感觉城市终究不属于他。

晚上睡觉时看手机,弟弟的女朋友居然发信息过来,说想见见他。弟弟跟他"告别"的前一天晚上,她突然加他的微信,是通过弟弟分享的名片加的。他在医院见过弟弟的女朋友,个子不高、微微发胖,可显得很灵巧。弟弟下葬那天,生前的同事、朋友来了四十多个,但她没有来。他想,估计她怕在现场受到关注,所以不来。最终,他们约定明天下午三点钟在县城见面。明天恰好是星期天,他打算见完面就坐最晚的一班高铁去省城。

第二天下午他两点五十到县城,给她发信息,问在哪等她。她回信息说在orz奶茶店。他打车过去。弟弟的女朋友眼中略带忧伤,坐在她面前,他一时不知道说什么。稍一停,他问起她的工作情况,他只是为缓解沉默的尴尬,并不是特别想了解。她回答得也马马虎虎,谈几句就提到弟弟。她说:"别人都讲,同一个单位的谈恋爱不太好,但我和你弟莫名其妙就在一起了,我都不晓得是为哪样。"他沉默着,她却哭出声。隔壁桌坐着一对情侣,正好奇地看过来。他轻声说:"这里人多,不要哭了。"

她调整好情绪，问起他的工作。他说："在贵阳混日子，正准备辞职回来考试。"她说："回来吧，离家近，以后方便照顾父母。"他点点头。过一会，她又问："你学的是哪样专业，能教书的吧？"他说："汉语言文学，有教师资格证。"她似乎有点开心，说："我有个朋友开培训班，要不你辞职回来，先去他那里上班，然后慢慢考。"他说："到时候再说，如果有这个想法，得请你帮忙。"

两杯奶茶，他的那杯喝了一半，而她的那杯一点没喝，一盘瓜子和一盘薯条也一点没动。他看时间，东聊西聊的，竟然坐了将近两个小时。她问："你还有事没有？"他说坐最晚一班高铁回省城。最后，她说请他吃饭。吃的是火锅，他仅吃一碗就放下碗筷，等她吃，她吃得很慢。吃完后他抢着把钱付了。他把她送到楼下，看她上楼后才打车赶往高铁站。他知道，以前弟弟和她租房子住在这里，如今只剩下她一个人住了。

6

他在网上查看招聘信息。有一家单位招办公室工作人员，也是合同制，但待遇比他目前的好，便问肖莉的意见。肖莉说："要考试就考带编制的吧。"他想了想，说:"其实也不一定要考上,只是想去锻炼。"肖莉笑一声,说:"你从小到大考了那么多试,还没锻炼够?"尽管肖莉不怎么支持,他还是报了名。报名通过审核后,他把喜欢读的几本诗集锁进密码箱,每天晚上都熬夜,学着写一些材料。每当写不下去时,他就站起来扭动身体,环顾空荡荡的客厅,听着卧室里肖莉的呼吸声。他想象自己已经考上,现在正在加班为领导写讲话稿,领导第二天要用。这样想着,他又坐下来继续写,直到写满三千字才去睡。

有一天晚上他去睡觉时,肖莉已经睡着,手机放在桌上,绿色的指示灯不断闪烁,他知道有新信息。看着肖莉熟睡的模样,他突然想知道新信息是什么内容。他平时看到肖莉都是用右手大拇指指纹解锁,他的心猛跳一下,毫不犹豫地拿起手机,学网上的视频,小心翼翼地操作。解锁成功,他的心又猛跳一下,肖莉翻翻身,并没有醒。是微信信息,追她的那个同事发来的。三条信息,一条是文字:我准备买这套房子,你看看怎样?两条是图片:房子的外观图和室内图。肖莉有清除聊天记录的习惯,他无法知道她和这个同事还聊了些什么。盯着这三条信息看一会,他想回复点什么,但终究还是没有回复,把这三条信息清除,关灯睡下。一直睡不着,也许是翻身时吵醒了肖莉,她起床,他赶紧假装睡着。肖莉摸到手机去厕所,回来后放下手机,躺一会又睡着了。

考试那天早上,他起得很早,打出租车去考点。拿到试卷,扫了一遍,他就知道真的是来"锻炼"的,但他还是静下心来答题,坚持到最后才交卷。和他一起交卷的有两个考生,一个男的一个女的,都一副愁眉苦脸的表情。走出考场,他想跟他们搭话,问他们考得怎样,但话刚到嘴边,那个女的已开好机,正打电话,那个男的朝远处招手,一个和肖莉一样偏瘦的女生高兴地跑过来。他这才想起手机还没开机,便开了机给肖莉打电话。肖莉问:"你考完了?"他说考完了,稍一停又说:"你都不过来接我?"肖莉好像在忙,正跟别人谈着什么,谈了几句后对他说:"我发位置给你,你打车过来,待会一起吃饭。"说完就挂了。他看着位置,竟然是他第一次请肖莉吃饭的地方。抬头看看热得让人头皮冒汗的太阳,还要跑那么远去吃饭,他没有兴趣,于是回复:我先回住处,晚上再说。

他感觉到肖莉对他越来越冷漠,他也不明说什么,只是找合适的机会用同样的方法来对付她。由于晚餐吃得早,晚上肖莉说想吃点烧烤,让他去买。要是刚恋爱时,冒着雨他都要去。可现在他觉得机会来了,说:"大晚上的不要吃东西,对身体不好。"肖莉瞪着他,说:"你这人咋会这样?"他说:"早些时候喊你多吃点,你自己不吃,现在饿了怪哪个。"肖莉不再理他,又开始聊微信，二十来分钟，烧烤就送到了。他预感到这外卖不是肖莉自己点的，是追她的那个同事点的，他虽生气但又不好发作。肖莉故意一般，嬉笑着递一串给他，问："要吃吗？味道还可以。"他气鼓鼓地说："你自己胀肚子吧。"

过不久，肖莉又要去另外一座城市见客户。他问："几个人去？"肖莉说："好几个。""他也去吗？""哪个？""他，追你的那个。""去的。"他瞬间有些不舒服，顿了顿，问："晚上回来不？"肖莉说："看情况，应该要回来。"但到了晚上，肖莉却没有回来，他打电话过去问，肖莉说："没赶上车，明天再回。"他很气愤，没赶上车为什么不早说，非要等我打电话问了才说。但他没表露出来，说声"好吧"挂了电话。心里还是很堵，每隔半个小时，他就用微信给肖莉发一次视频电话，肖莉说："放心吧，我不会背叛你的，没和你分手之前，我不会和其他男生在一起的。"他稍微放下心来，可细想，这句话好像暗含着别的意思。

第二天肖莉回来了，他下班回到住处时，她正在炒菜。菜和平常一样，肖莉也和平常一样，看不出有什么预兆。晚上躺在床上，他搂着肖莉，手在她身上抚摸着，把她的睡裙往上拉。整个过程，肖莉没有任何反应，眼睛望向别处，甚至还拿起手机回了两次信息。他有些不悦，匆匆完事后，问："你几个意思？"肖莉没有回答。过一会，肖莉说："我觉得我们还是分开吧。"他一惊，随即平静下来，他知道她的这句话早晚都要说出口的。又过一会，他说："好吧。"

7

弟弟的女朋友几乎每天都主动给他发信息，问他辞职没有，他敷衍着说再想想。点进她的朋友圈，动态很少，几乎都是转发与她工作单位相关的新闻。他看到一年前的一条动态：今夜月圆，明日离别。配着两张图片，一张是弟弟和她在夜色中的合影，她的头挨着弟弟的肩膀，幸福地依偎在弟弟的怀里，另一张是月亮，手机拍摄，不是很清晰。他再看日期，想起来了，那段时间弟弟被单位派去青岛学习一个月。

周六一直下着雨，他吃过午饭，待在住处看一本国内诗集。肖莉突然发信息来：你回来了吗？他赶紧回复：早就回来了。阴沉的天气以及晦涩的诗句让他愈生孤寂，此刻想见肖莉一面。像是有心灵感应，肖莉突然发语音电话过来，说："我恰好经过你楼下，你在住处没有？在我就上去。"他说："在的，你上来吧。"

他给肖莉泡一杯茶。茶叶是以前肖莉买的，杯子也是以前肖莉用的。他观察着肖莉，她没任何反应，似乎没有发现他的故意为之。许久不见，他一时竟不知从哪说起，还是肖莉先开口。肖莉问他弟弟的情况，他简单说了一下。肖莉问："你来上班了，你爸爸妈妈在家？"他点点头。沉默一会，肖莉说："我们都是为了生活，没办法。我妈一个人在家，她的脚还经常痛。"

最后他们谈到辞职。他把他的想法说给肖莉听，肖莉表示赞成，说："那就回去吧，回去照顾父母。我们小的时候，父母为我们活着，现在父母老了，我们也要为父母活着。"他抬头，才发现肖莉已换发型，看起来比以前成熟很多。他知道肖莉已经和那个同事在一起，他想问他们前段时间看中的那套房子买了没有，开始装修没有，但想想还是没开口。

又坐片刻，再无话，肖莉起身告辞。他抱住肖莉，肖莉说不行。但他还是把肖莉抱进卧室，把她推倒在床上。她不停地阻止他，坚决说不行。他沉默不语，贪婪地"猎取"，因动作过大还把她的衣服撕扯破了一点。肖莉突然说："你弟弟刚刚不在，你不应该这样。"他愣着，兴趣瞬间消失，松开手。肖莉整理好头发，对他说："我走了。"他转过脸去，没有回答。等他再转过来时，发现肖莉已经走了。

此后他依旧按时上下班，偶尔写几句诗。有一天他编好公众号，请领导审核。领导看一眼，说："可以的，就这样，你把关就行了。"过一会领导说："这公众号办下去没有意思，明年不打算办了。"领导说完喝一口茶，像是无意中说的一样。他无声地笑笑，心想那就让这一期成为最后一期吧。稍一停，领导又说："到时候你可以做其他工作，你还是比较得力的，各块工作都能做下来。"他没有回答，默默地把刚发布的作品分享到几个活跃的群里。

晚上睡觉时，弟弟的女朋友又发信息过来：哥，睡了吗？他说：睡了。她发来一个羞涩的表情，问：睡这么早，不陪你女朋友聊天？他说：目前没有女朋友。并加上一个笑脸的表情。她问：哥，你妈催你结婚吗？他没回答这个问题，而是说：我打算明天辞职。她说：那太好了，我朋友的培训班恰好急需一名语文老师。第二天他就辞职了，领导没挽留，还祝愿他尽快找到更好的工作，他笑着说已经找到了。

回来后一直待在家里。弟弟的女朋友发信息问：哥，你不想来培训班上课吗？他回复：先休息一段时间。刷新朋友圈，又看到肖莉新发的动态，是信用卡的广告。他给肖莉发信息：我已经辞职回家了。过了好久肖莉才回复：好的。"好的。"他在心里默念道，无声地笑着。看到桌上凌乱的诗集，回想起与肖莉相识的过程。

8

"帅哥,在等公交车吗?"一个高挑的女生微笑着迎上来。周围没有其他人,他"嗯"一声,往旁边走几步,拿出手机假装要打电话。女生又靠近,笑着说:"我叫肖莉……"肖莉跟他走上最后一班公交车,车上空位很多,可肖莉却在他旁边坐下来。他本来不办信用卡的,但肖莉一直缠着,以长期培养出来的耐心跟他套近乎。得知他没找到工作,就说要给他推荐,得知他没有女朋友,就说要给他介绍,还主动加他的微信。禁不住她那袭人的热情,他就办了一张。

大学毕业没找到工作,不好意思回家,在省城游荡着。有时候一大早出门,随便上一路公交车,中途下车又换另一路,不断这样,直到天黑才回到狭小潮湿的出租屋。他在这里没有一个朋友,实在感到孤独就出去买一箱啤酒回来,打开电脑,边喝边试着写几行诗歌。喝晕后又全部删掉,然后找肖莉聊天。肖莉不再提给他推荐工作和介绍女朋友的事,热情也不再那么袭人,常常以"哦"或者"嗯"结束聊天。他通过试探,得知肖莉没有男朋友,于是鼓起勇气说想跟肖莉跑跑,看自己能不能胜任她的工作,她很爽快地答应了。跟肖莉跑的那天下午，她一张卡都没推销出去，这让他感到害怕，想不到工作竟如此艰难。但肖莉依旧开朗地笑着，提议一起吃晚饭。他说："我请你。"肖莉说："等你找到工作再说，这顿我请。"他们吃得很高兴，当天晚上他就失眠了，一直把肖莉想象成女朋友。最后他去冲一个冷水澡，心想要赶紧找到工作，以便进一步和肖莉发展。

他去年投出去的一组诗歌在一家大型诗刊发表，得到将近一千块钱的稿费。他很兴奋，却找不到人分享这意外的喜悦，于是想到肖莉。他给肖莉发信息，说要请她吃饭。肖莉问：你找到工作了？他暗笑着回复：出来你就知道了。到餐馆，肖莉一坐下就问他找到什么工作，他说还没找到，她便追问他为什么突然请吃饭，他笑而不答。最后禁不住肖莉的追问，他有些羞涩地说出来。肖莉开心地说："想不到你这么有才，我读高中时最喜欢语文课，现在都还能背诵很多诗歌。"说着她背徐志摩的《再别康桥》，只背两节就背不出来了，尴尬地笑着，说想读读他的诗歌。回去后他从自己写的所有诗歌中选出最满意的十首发给肖莉，肖莉看完后说写得很美，但不太懂。这以后，肖莉好像对他有了兴趣，和他聊天时，"哦"和"嗯"用得少了。

游荡将近半年，他试过汽车销售和保险两份工作，都不如意，干一段时间就干不下去。后来无意中看到省作协招人，他带上自己写的几首诗和几篇新闻直接找上门,领导一目十行地看完后就让他第二天准时来上班。这一次他干得很顺,肖莉替他高兴,觉得以他的才华,早晚有一天会成功。

和肖莉见面更频繁,他们渐渐熟悉起来。肖莉的父亲过世得早,母亲一个人把她和两个弟弟抚养长大,母亲的脚经常痛,这两年有时连走路都成问题,再也做不了重活。两个弟弟,一个在读大学,一个在读高中,学费和生活费都是她在出。"我妈真的过得很苦……"有一次肖莉说着说着在他面前流下眼泪。他才明白这个坚强的女生竟也有着柔软的一面,忍不住搂住她的肩。

过后不久他们就在一起了。

9

弟弟的女朋友又约他见面,他推辞着说不想出门,但她说这是最后一次,有重要的事情要说,他只得按时赴约。这次见面依旧是上次的地方,他等到天快黑了她才到。坐下后,她聊起无关紧要的话题,一直不提"重要的事情",他也不问,喝着奶茶,等她自己说出口。她像是故意拖延时间,稍一停又谈到他的弟弟。

"哥,我感觉你一点都不像你弟。"

他笑笑,说:"我和他恰好相反,我内向,他外向。"

"看得出来。"她的嘴角也微微露出一丝笑。

"你弟那段时间总和我聊到你。"她说着在手机屏幕上点几下，把手机移到他面前，他瞟一眼，是弟弟和她的聊天记录，他点点头，稍微移开眼睛（他不想知道他们聊些什么），片刻后她拿回手机。

"你弟说你人很好。"弟弟的女朋友说道。

他竟觉得有些尴尬，无声地笑笑，问道："那你觉得呢？"

她像是被为难住了，也尴尬地笑着，想一会回答说："你和你弟都好。"稍后又补充："你看起来比他安静一些。"

从坐下到现在，他发现她时不时用手捂鼻子，他想是不是因为自己身上的汗味（他爱出汗），听说女生的嗅觉比男生的灵敏，可是天气不热，身上根本就没出汗。找不到话说，他又喝一口奶茶，嗑几个瓜子。

她突然说："总觉得有哪样味道。"

他抽出一张纸巾擦手，问："哪样味道？"

她的鼻子嗅嗅，然后抬起那碟番茄酱，凑上前闻。又立即放下，歪过头去吐，幸好只是干呕，什么也没吐出来。

"你咋了？"他有些不知所措。

她止住干呕，脸被憋红了。他抽出纸巾递过去，问："你没事吧？"

"我怀孕了。"平静下来后,她说道。

他吃惊起来,大脑瞬间空白,停了停问道:"多久了?"

"你弟住院两个星期后发现的。现在一个多月了。"她双手捂着胸口,"我本来不打算给他讲的,但还是讲了。"

他知道这就是她所说的重要事情。"你弟说你人很好。"她刚才说的话又在耳边响着,联想起弟弟临终的那个晚上和他谈到女朋友,说女朋友人很好。他好像明白了些什么,一个念头在脑海里闪现,但马上又被他否定。他抬头看她,她也正看着他,嘴角挂着复杂的微笑。

"我觉得有点突然,你给我讲的这个事情。"他语无伦次,"你打算?"

"打掉。"她打断他,说,"我想了这么长时间,已经想好了。"

他咀嚼着她话里头的两个"想"字。想了一会,觉得这应该是最好的办法,问:"准备哪天去?"

"明天,市里面。今天就过去检查的,所以才回来这么晚。"

又是一阵沉默,过了一会他问:"有人陪你去吗?"

"没有。你想想,如果我喊别人陪我去,我要咋给她解释呢?"

他看向窗外,楼下是一个篮球场。没人打篮球,仅有几个大妈在跳广场舞，估计是天气太冷的缘故。他开始想着人流可能导致的种种结果，脑海里浮现出的每一种结果都是可怕的。他转过脸来看她，她的表情很奇怪。

"要不我明天陪你去。"他说。

她没有回答，又开始干呕，服务员赶紧过来问怎么回事。他对服务员说没事。服务员走后，他又说："明天我陪你去，有个人陪着要好一点。"

她点点头，说："回去吧，我坚持不住了，怕等一会真的要吐出东西来。"

送她回去的路上，他一直让她别担心，就是一个小手术而已，不一会就可以搞定，而且很安全。她开玩笑道："这么了解？你以前是不是经常带女生去？"

他也笑起来，笑过后又设想着后果，如果她因人流出问题（比如不孕），那弟弟真的对不起她。想到这，他说："明天你不用带钱，我带就行了。"

"提钱做哪样呢？我不会花你的钱，也不能花你的钱吧？"

不一会就走到楼下，他们都停下来。她抬头，惊讶地说："月亮好圆。"

他也抬头，夜空异常干净，一轮明月镶嵌在其中。

"今天应该是农历十五。"

"不，应该是十六。"他说道，是无意识中脱口而出的。

她拿出手机,打开日历,说:"还真是十六,你咋记得这么清楚?"

"没记,看月亮太圆就晓得的。"他说,"有一句话是这样讲的,十五的月亮十六圆。"

"没听过。哪个讲的?"

"老一辈人讲的。"

"老一辈人?"她显得有些好奇,"老一辈人还讲了些哪样?"

他愣一下,嘴唇动了动,没有回答。一阵风吹来,他说:"快上楼去吧,免得冷着。"

10

刚和肖莉谈恋爱的那段时间,他每天下班就去找她,两人寻一家实惠的小餐馆吃饭,饭后在夜色中走一会,然后他送肖莉回住处,再独自到站台等公交车(为了节约钱,不打车)。有时候他们买了菜,去肖莉的住处煮饭。肖莉跟两个女生合租,她们约定好不准留宿男生。吃过饭他把碗洗了,又赶紧去赶公交。常常到住处已是九点过,但却不觉得累。

这天晚上,肖莉同意跟他去他的住处,他竟然有些紧张。他住的是一栋旧楼,带卫生间的单间,不知被多少人住过,墙上留着油渍、血渍、不同风格的字迹以及因潮湿而起的湿痕。隔壁两间住着两家人,他们的东西屋里放不下就堆在外面,几乎要占到他的门口,其中一家养着一条难看的狗,他的窗外有一小堆沙子,狗常常过来拉屎,而且半夜稍有动静就狂吠不止。睡了一晚,肖莉说:"你这地方简直不是人住的。"他说:"习惯了。"肖莉把房间收拾干净,买了新的床单被套给他换上,说:"我猜,你的床单被套至少有半年没洗了。"他笑道:"大学时用的,毕业舍不得丢,就带过来了。"肖莉说:"要对自己好一点。"他搂住肖莉,嬉皮笑脸地说:"你对我好就行了。"

他的一组诗歌又在一家刊物上发表,虽然稿费没上次高,但他们都很开心。肖莉说:"我真想告诉我同事,你是个诗人。"他笑着说:"算了吧,现在'诗人'这个词是骂人的。"肖莉站在窗前,捧着杂志,朗诵道:"我在窗前写诗／夜色汹涌,多么像童年的哭泣／不经意又出现在电灯下／让人昏昏欲睡……"他笑着说:"平时觉得你普通话还可以,现在朗诵起来感觉好别扭,像是乌鸦叫一样。"肖莉把杂志朝他扔过来,说:"是你写得差,好不好?"他躲开,过去跟肖莉嘻嘻哈哈地打闹起来。

不久后他们迎来第一次争吵,原因是肖莉每个月都分别给两个弟弟打一千块钱。他很心疼似的说:"你咋给他们打这么多钱?"肖莉说:"因为他们是我弟。"他说:"你给他们这么多钱是害他们,让他们只会享受,以后吃不了苦。"肖莉说:"我读书的时候穷够了,和室友去逛街,看到喜欢的衣服都买不起,我不想让我弟重复我的生活。"他很固执地说:"你信不信,他们拿你的辛苦钱去乱花,甚至还花在女生的身上。"肖莉说:"我弟他们不是那种人。"他因肖莉不听劝告而激动,突然说了句:"他们不是那种人?他们能好到哪去?"肖莉质问他:"你哪样意思?"他马上意识到自己说错话,可不等他挽救,肖莉就丢下他走了。过后几天肖莉都不理他,他晚上总守在她的门外。这天晚上刮大风下大雨,肖莉以为他早回去了,可天快亮时听到因感冒发出的咳嗽声,开门看到他蹲在走廊上。肖莉一时说不出话来,赶紧把他让进屋,过后又和好如初。

他终于攒够钱,带着肖莉去租房子。其实他早就想另租房子的,多少次想开口让肖莉先付钱,但又觉得不好意思。肖莉特意请假休息,和他转了一天,最终选择一处价格合适的,只是光线不太好,但也无大碍。当天晚上,他们跑了两趟,把各自的行李都搬过来,顾不上休息就开始布置,商量着什么东西放哪里合适。不多时,一个温馨的二人世界就有模有样了。

肖莉先洗的澡。等他洗完后,看到裹着浴巾的肖莉站在窗前,用手机对着夜空拍照。他从后面抱住她,下巴放在她的肩上。她指着月亮说:"你看,月亮好圆。"

他抬头,顺着肖莉的手看去,夜空异常干净,一轮明月镶嵌在其中。

"今天应该是农历十五。"

"不,应该是十六。"他说道,是无意识中脱口而出的。

肖莉拿出手机,打开日历,说:"还真是十六,你咋记得这么清楚?"

"没记,看月亮太圆就晓得的。"他说,"有一句话是这样讲的,十五的月亮十六圆。"

"没听过。哪个讲的?"

"老一辈人讲的。"

"老一辈人?"肖莉显得有些好奇,"老一辈人还讲了些哪样?"

"老一辈人还讲,"他笑起来,"叫我们两个要永远在一起。"

肖莉转过脸来,他吻在她的唇上。

图书在版编目(CIP)数据

追山 / 田兴家著. -- 北京 : 北京十月文艺出版社, 2025. 2. -- ISBN 978-7-5302-2446-5

Ⅰ. I246.7

中国国家版本馆CIP数据核字第2024CU5432号

追山
ZHUISHAN

田兴家 著

出 版	北京出版集团	
	北京十月文艺出版社	
地 址	北京北三环中路6号	
邮 编	100120	
网 址	www.bph.com.cn	
发 行	新经典发行有限公司	
	电话 010-68423599	
经 销	新华书店	
印 刷	河北鹏润印刷有限公司	
版 次	2025年2月第1版	
印 次	2025年2月第1次印刷	
开 本	850毫米×1168毫米 1/32	
印 张	8.75	
字 数	148千字	
书 号	ISBN 978-7-5302-2446-5	
定 价	45.00元	

如有印装质量问题,由本社负责调换
质量监督电话 010-58572393

版权所有,未经书面许可,不得转载、复制、翻印,违者必究。